Frank E. Peretti

DER GEHEIMNISVOLLE STEIN

Frank E. Peretti

Der geheimnisvolle Stein

Die Cooper-Abenteuer-Serie
Band 5

Projektion J Buch- und Musikverlag GmbH,
Wiesbaden

Titel der amerikanischen Originalausgabe:
The Secret of the Desert Stone

Published by Word Publishing
501 Nelson Place, P. O. Box 141000
Nashville, TN 37214-1000

ISBN 3-89490-215-9

Auf der Grundlage der neuen Rechtschreibregeln.

Die Bibelstellen wurden der Einheitsübersetzung entnommen.

Übersetzung: Annerose Goldhahn
Umschlaggestaltung: Petra Louis
Satz: Projektion J Buch- und Musikverlag GmbH
Druck: Schönbach-Druck GmbH, D-64390 Erzhausen

1 2 3 4 00 99 98 97

1

Der Himmel war dunkel, die Sterne schienen noch und die Morgendämmerung war nicht mehr als ein schmales rotes Band am Horizont, als die Sirenen losgingen und erbarmungslos durch das riesige Armeelager schallten. Die ganze Kompanie, die ausschließlich aus schwarzen Soldaten bestand, erwachte wie ein Mann – keiner trödelte, keiner wagte es, nach dem Wecksignal weiterzuschlafen. Das Klatschen und Klappern von eintausend Händen, die eintausend Gewehre ergriffen, hallte durch die Wüste. Die Soldaten sprangen auf und stürmten aus ihren Zelten. Sie rannten über den Sand und stellten sich in langen, geraden Reihen in der flachen Wüste auf. Sie standen ganz still, die Gewehre bereit, die Augen gerade nach vorn gerichtet, bereit zum Kampf.

Feldmarschall Idi Nkromo war bereits wach, stolzierte vor dem Lager herum und beobachtete, wie Leben in seine Männer kam. Er war ein untersetzter, stämmiger Mann mit harten Augen und seine Brust war mit Medaillen und Orden geschmückt – einen Großteil hatte er selbst entworfen und sich auch die meisten selbst verliehen. Er machte ein finsteres Gesicht, starrte zornig umher, bellte seinen Offizieren Befehle zu und während der ganzen Zeit lag seine Hand auf dem glänzenden Säbel, der an seiner Seite hing. Er nickte sich selbst anerkennend zu. Ja, dies würde der lang ersehnte Augenblick sein, das letzte Gefecht, die größte Demonstration seiner Macht. Am Ende dieses Tages würde er die totale und absolute Herrschaft über die winzige afrikanische Nation Togwana besitzen. Nach diesem Feldzug durch die Wüste würde es niemand wagen … Seine Gedanken wurden durch Gemurmel abgelenkt, ein aufgeregtes Tuscheln, das sich in seinem Heer ausbreitete. Nkromo war verärgert. Warum standen sie nicht alle regungslos und schweigend da? Hatte er nicht genügend Soldaten auspeitschen oder erschießen lassen, um für Disziplin zu sorgen? Das Licht der Morgendämmerung war gerade so hell, dass man ihre Gesichter erkennen konnte. Sie starrten beunruhigt in die Wüste und tauschten besorgte Blicke aus. Ein Tuscheln ging durch die Reihen.

Nkromo zog seinen Säbel und brüllte: »Stillgestanden!«

Die Soldaten erstarrten in Habachtstellung, aber die Unruhe blieb und in ihren Gesichtern stand die nackte Angst geschrieben.

»Mobutu!«

»Sir!« Mobutu, ein junger, schlanker Mann in einer kakifarbenen Uniform, kam herbeigelaufen.

Nkromo wies mit seinem Säbel auf die Kompanie. »Finden Sie heraus, wer diese Unruhe verursacht, und holen Sie die Männer heraus, damit sie erschossen werden!«

Mobutu bewegte sich nicht.

Nkromo warf ihm einen tödlichen Blick zu, aber Mobutu sah ihn gar nicht an. Der dünne Leutnant, der gleichzeitig seine rechte Hand war, schaute in die Wüste hinaus – in dieselbe Richtung, in die auch die Soldaten blickten. Er schien verblüfft zu sein, denn er stand mit offenem Mund und vor Schreck weit aufgerissenen Augen da.

»Mobutu!«

Mobutu wies auf die Wüste. »Sir … wenn Sie vielleicht dorthin sehen würden –«

Aber Nkromo gehörte nicht zu den Menschen, die sich sagen ließen, was sie zu tun hatten. »Mobutu, sorgen Sie für Ordnung in den Reihen.« Dann, so, als sei es seine eigene Idee, fuhr er fort: »Ich denke, ich würde jetzt gern die Wüste inspizieren.«

Nkromo drehte sich mit betonter Lässigkeit um und blickte über die weite, leere Fläche, die im Norden und Süden von hohen Felsklippen begrenzt wurde und gerade im Morgenlicht sichtbar wurde.

Der Säbel fiel ihm aus der zitternden Hand und schlug polternd auf die Felsen und den Sand auf.

PENG! Jay Cooper, ein vierzehnjähriger Teenager, der stark und drahtig war, schwitzte in der Sonne, als er den Vorschlaghammer schwang und den letzten Holzpfahl in den Boden trieb. Dann wickelte er das Ende eines schweren Seils um den Pfahl und befestigte ihn mit ein paar weiteren Hammerschlägen. Er hatte bereits mehrere Pfähle in den Boden geschlagen, um die Seile, die um den Sockel einer riesigen Steinsäule gebunden waren, zu befestigen. Die Säule war mit alten Reliefarbeiten, Bildern und am oberen Ende mit den Gesichtern griechischer Götter verziert. Es war eine massive Säule, fast einen Meter dick und 10 Meter hoch. Sie stand im Zentrum einer ausgedehnten Ausgrabungsstätte, bei der auf einer hohen Klippe über dem Mittelmeer ein ehemaliger, antiker griechischer Tempel freigelegt wurde.

Dr. Jacob Cooper, der wie ein Akrobat in einem Gurt an einem Seil hing, bemühte sich, eine Kabelschlinge um das Kopfstück der Säule zu legen. Dabei arbeitete er sehr vorsichtig, um das in den Stein gehauene Gesicht des Gottes Zeus nicht zu beschädigen. »Okay, Lila«, rief er, »mehr Kabel«.

Die dreizehnjährige Lila Cooper saß hoch oben auf der alten Tempelmauer. Ihre Augen schauten ihrem Vater wachsam zu und ihr langes, blondes Haar hatte sie aus Sicherheitsgründen zurückgebunden. Sie bediente eine große Winde, die von einem Benzinmotor angetrieben wurde, und gab ihrem Vater mehr Kabel.

Dieser gefährliche Hochsitz machte sie ein wenig nervös. Der bereits freigelegte Boden des alten Tempels befand sich zwar nicht so weit unter ihr, nur etwa dreieinhalb Meter, aber gleich auf der anderen Seite der Mauer, auf der sie saß, war eine steile Felsklippe, die direkt bis zum Meer hinunterführte, das einige hundert Meter unter ihr lag. Sie konnte von oben den Lastkahn des Museums sehen, der dicht vor der Küste schwamm und auf seine Fracht wartete. Er war beinahe fünfundzwanzig Meter lang, aber von hier oben gesehen hatte er die Größe einer Briefmarke. Sie versuchte, nicht in diese Richtung zu blicken, und drückte den Hebel nach vorne, um mehr Kabel freizugeben.

Dr. Cooper schob sich vorsichtig wie ein professioneller Bergsteiger um das in den Stein gehauene Gesicht des Zeus herum. Seine muskulösen Arme griffen nach jedem Halt, den sie finden konnten. Als er das Kabel schließlich direkt über dem Kopf von Zeus sicher um die Säule gelegt hatte, seufzte er erleichtert auf. »Okay, zieh es fest.«

Lila zog am Hebel und die große Trommel der Winde drehte sich und rollte das Kabel auf, bis es fest saß.

Dr. Cooper kletterte auf die Spitze der Säule und saß dort wie eine Möwe auf einem Fahnenmast. Er nahm seinen breitkrempigen Hut ab und schob sein blondes Haar, das jetzt schweißnass war, nach hinten. Als er 10 Meter nach unten blickte, konnte er sehen, dass sein Sohn Jay den Sockel der Säule angepflockt und mit Seilen gesichert hatte, damit sie in die geplante Richtung fallen würde, wenn sie sie umkippten. Als er zum Meer hinüberblickte, sah er seine Tochter Lila auf der Tempelmauer, die bereit war, die Säule mit der Hauptwinde herunterzuziehen. Auf der anderen Seite des Tempels machten sich Dr. Coopers beide anderen Mitarbeiter, Jeff und Bill, gerade bereit, einen Tieflader langsam auf einer Erdrampe zum Fuß der Säule hinunterzurollen.

»So weit, so gut«, sagte Dr. Cooper zu sich selbst.

Sie hatten vor, die Säule mit noch einigen weiteren Kabeln zu sichern, sie dann vorsichtig auf den Anhänger herunterzulassen und auf einem Zufahrtsweg zum Hafen zu fahren. Dort wartete bereits eine Mannschaft darauf, die

Säule auf einen Lastkahn zu laden und in das Museum für Altertümer in Athen zu bringen. Falls nicht noch irgendein Unglück geschah, würden Dr. Cooper und seine Mannschaft dieses Projekt vielleicht noch heute abschließen.

Dr. Cooper winkte Bill und Jeff zu und rief: »In Ordnung, bringt den Anhänger her.«

Bill, ein großer Mann mit einem Schnurrbart und einem schleppenden texanischen Dialekt, stieg in die Fahrerkabine des alten Diesel-Lkws, während Jeff, der schlank und meistens nervös war, unten auf der Erdrampe stand und mit der Hand Signale gab. Der Anlasser brummte und dann erwachte der Motor zum Leben. Schwarzer Qualm stieg aus den alten Auspuffrohren über dem Fahrerhäuschen.

Jeff winkte und rief: »Okay, langsam rückwärts ...«

Bill legte krachend den Rückwärtsgang des alten Lasters ein und ließ die Kupplung vorsichtig kommen. Laster und Anhänger begannen, langsam die steile Erdrampe zum Fuß der Säule hinabzurollen.

Dr. Cooper beobachtete aus luftiger Höhe, wie sie vorankamen. Die Erdrampe schien zu funktionieren, obwohl sie für das alte Gespann ein wenig steil war. »Hey ...«, begann er, »langsamer, ihr –«

»Du fährst zu schnell!«, rief Jeff im gleichen Augenblick.

Bill trat auf die Bremse. Irgendetwas riss und das Pedal ließ sich bis zum Boden durchtreten. Der Anhänger begann, die Rampe hinunterzurollen. Er wurde immer schneller und zog den Laster rückwärts mit sich.

»Mach langsamer!«, schrie Jeff. Er sprang von der Rampe und rollte sich in den Staub, als der Anhänger direkt an ihm vorbeirumpelte.

Bill versuchte, die Handbremse zu ziehen. Sie brach ab. Er stellte die Zündung aus. Die Rampe war jedoch zu steil und der Anhänger zu schwer. Der Laster reagierte nicht, sondern rutschte weiter rückwärts den Hang hinunter. Seine Hinterräder rutschten knirschend über den Sand.

Der Anhänger rollte direkt auf den Fuß der Säule zu.

Jay rannte, um aus dem Weg zu kommen, und schrie: »Dad!«

Dr. Cooper sah das Unglück kommen. Vielleicht würden sie dieses Projekt doch nicht heute beenden.

Knirsch! Der Anhänger krachte gegen die Säule. Dr. Cooper spürte, wie die Säule unter ihm erbebte.

Dann fühlte er, dass sie sich bewegte. Das Kabel von Lilas Winde hatte keine Spannung mehr.

Die Säule fiel direkt auf Lila zu!

»Pass auf!«, schrie ihr Vater und klammerte sich verzweifelt fest.

Lila schrie auf und rannte die Mauer entlang, um der Säule auszuweichen. Jay kroch in Sicherheit, als der Sockel der Säule sich vom Untergrund zu lösen begann. PING! POP! Die schweren Seile rissen die Pfähle aus dem Boden, als wären es faule Zähne.

Die Säule wurde schneller und fiel wie ein großer gefällter Baum. Der Wind pfiff Dr. Cooper um den Kopf und sein Hut flog davon. Dann sah er, wie die Tempelmauer unter ihm zurückblieb. Die Spitze der Säule trug ihn über die hohe Klippe, die steil zum Meer hinunterführte, hinaus!

BUMMS! Die Mitte der Säule schlug auf der Tempelwand auf und Dr. Cooper verlor durch den Aufprall den Halt und stürzte kopfüber auf das Meer zu.

Das Seil des Gurtes, den er immer noch trug, beendete mitten in der Luft seinen Fall mit einem abrupten Ruck. Er hing an der Säule wie eine Marionette an ihren Fäden.

Der Sockel der Säule begann, sich zu heben. Bill, Jeff und Jay ergriffen die Seile, die herabhingen, und hofften, dass sie die Säule unten halten und verhindern konnten, dass sie völlig über die Mauer fiel. Alle drei wurden in die Luft gehoben, ließen aber trotzdem nicht los. Sie hofften und beteten.

Das untere Ende der Säule hob sich höher und immer höher, während sich der Teil, auf dem Dr. Cooper saß, gleichzeitig zur See hinunterneigte.

Plötzlich kam die Säule auf der Tempelmauer zur Ruhe. Beide Enden hingen in vollkommener Balance in der Luft: Dr. Cooper hing vom einen Ende herab und Bill, Jeff und Jay vom anderen. An ihrem Ende hätte auch nicht ein Mann, ein Kilo, ein Gramm weniger hängen dürfen.

»Oh Mann«, stöhnte Bill mit seinem texanischen Akzent. »Was nun?«

»Haltet euch fest«, schrie Lila. »Haltet euch bloß fest!«

Dann hörten sie ein tiefes, knirschendes Geräusch. Die Säule begann, wie ein Nudelholz die Mauer entlangzurollen, wobei die Seile, an denen Jay, Bill und Jeff hingen, und auch Dr. Coopers Gurt aufgewickelt wurden.

Dr. Cooper sah nach unten: Nichts als die Wellen des Meeres und ein winziger, weit entfernter Frachtkahn waren zu sehen. Er blickte nach oben und sah, wie das Gesicht von Zeus herumrollte. Dann machte es eine weitere Umdrehung, diesmal viel näher, während sich die Säule weiter drehte und sein Seil aufwickelte.

Lila ging schnell auf der Mauer entlang. Obwohl die Säule in ihre Richtung rollte, ging sie weiter auf sie zu und suchte nach einem Stein, einem Stock, irgendetwas, das groß genug war, um die Säule zu blockieren und als Keil zu dienen, der sie zum Halten brachte.

Dr. Coopers Seil war aufgewickelt. Festgehalten von dem Gurt, den er um den Körper trug, wurde er bei der nächsten Umdrehung über die Säule gezogen. Er fühlte sich wie ein Spanferkel am Spieß. Wenn er doch nur ein Messer hätte, um sich zu befreien!

Dann war Bills Seil zu Ende und die rauhe Oberfläche der Säule löste seinen Griff. Mit einem Schmerzensschrei fiel er auf den Boden des Tempels.

Die Säule war nicht mehr in der Balance! Der Sockel begann sich zu heben, die Spitze sich zu senken.

Lila sprang auf die Säule und ging Schritt für Schritt vorsichtig von der Mauer auf den Sockel zu, wo sich Jay und Jeff in den Seilen verfangen hatten. Dabei drehte sich die Säule ständig unter ihren Füßen. Es half nichts. Sie war nicht einmal halb so schwer wie Bill. Die Säule rollte immer noch und neigte sich weiter zum Meer hinunter.

Plötzlich schob jemand einen Stein unter die Säule und sie hörte auf zu rollen. Ein Mann sprang von der Mauer auf das untere Ende der Säule. Diese gab unter seinem Gewicht nach und senkte sich.

Wieder im Gleichgewicht!

»Lila!«, rief Dr. Cooper. »Bring mir dein Messer!«

Der Fremde, ein Mann mit blonden Haaren, nickte ihr zu. »Geh. Ich glaube, wir können sie jetzt im Gleichgewicht halten.«

Sie balancierte vorsichtig die Säule entlang, bis sie die Mauer erreicht hatte. Sie konnte ihren Vater sehen. Mit einer Hand hielt er sich an Zeus' Auge fest, sein Fuß steckte in Zeus Mund und er versuchte angestrengt, sich aus dem Gurt zu befreien. Sie blickte zurück. Der Fremde half Jay und Jeff, sich aus den Seilen zu befreien.

Sie trat auf der Säule über den Abgrund hinaus. Unter ihr war nichts mehr. Es ging steil zum Meer hinunter. Mit dem Messer in der zitternden Hand ging sie mit kleinen Schritten auf ihren Vater zu. Der Fremde schnitt mit seinem eigenen Messer die Seile los, die sich um Jay und Jeff gewickelt hatten. Mit seiner Hilfe kletterten sie auf die Säule und setzten sich darauf.

»Genau wie eine Wippe«, meinte Jay.

Aber Lila ging am anderen Ende immer noch vorsichtig weiter auf ihren Vater zu.

»Ähm ...«, fragte Jay den Fremden, »wie viel wiegen Sie?«

»Zweiundsiebzig Kilo«, erwiderte der Mann.

Jay sah zu Bill hinunter, der sich nach seinem Sturz immer noch vom Staub befreite. »Bill? Wie viel wiegst du?«

»Hundertundvier Kilo«, erwiderte Bill.

Der Fremde fragte Jay: »Wie viel wiegt deine Schwester?«

»Genug«, war alles, was Jay sagte, als das Säulenende, auf dem sie saßen, sich zu heben begann.

Dr. Cooper nahm das Messer aus Lilas Hand, als er merkte, dass sich die Säule wieder dem Meer entgegen neigte. »Lila! Zurück! Mach, dass du von der Säule runterkommst!«

Sie drehte sich rasch um und versuchte, zurückzulaufen. Die Säule neigte sich jedoch noch mehr und sie rutschte aus. Ihre Finger gruben sich in die eingemeißelten Bilder und ihr Fuß fand auf dem Bart von Zeus Halt, während die Säule nach unten sackte und schwankte und die Steine in der Mauer zu bröckeln begannen.

Jay, Jeff und der Fremde bewegten sich so weit wie möglich nach hinten, aber die Säule rutschte immer weiter über die Mauer und es gab keine Möglichkeit, sie aufzuhalten.

»Sie wird abstürzen!«, schrie Jeff.

Dr. Cooper schnitt das Seil des Gurtes durch und kam frei. »Los, Lila, los!« Sie kroch und kletterte und ereichte die Mauer. Jetzt glitt die Säule an ihr vorbei, die sich ruckartig und scharrend über die Steine bewegte.

Dr. Cooper griff nach dem Bart des Zeus, dann nach einigen Bildern, schließlich nach einigen Reliefarbeiten. Er kletterte die herabgleitende Säule hinauf, ohne seinem Ziel viel näher zu kommen, bis es schließlich keine Säule mehr zum Klettern gab. Als die Säule gerade von der Mauer glitt und im Sturzflug auf den Strand hinunterfiel, streckte sich ihm eine Hand entgegen und ergriff ihn. Innerhalb eines Augenblicks hatten Jay, Jeff und der Fremde ihn auf die Mauer und somit in Sicherheit gezogen.

Die Säule fiel lautlos, fast wie in Zeitlupe und wurde kleiner und immer kleiner, bis sie sich schließlich wie ein Speer in den sandigen Strand bohrte. Der Boden erbebte – und Dr. Cooper zuckte zusammen.

Dort schwankte sie einen Augenblick hin und her und kippte dann wie ein großer Baum zur See um … direkt auf den wartenden Lastkahn zu. Die Besatzung sprang ins Wasser.

KRACH BUMM! Der Kahn schlingerte wild umher und kenterte beinahe durch den Aufprall. Eine mächtige Woge spülte über den Strand.

Lila schloß die Augen. Alle hielten den Atem an. Sie konnten hören, wie die letzten Wassertropfen von dem großen Aufprall auf die Wasseroberfläche fielen.

Und dann … war es ruhig.

»Hat der Mensch Töne …«, murmelte Bill.

Lila wagte einen Blick über die Mauer und sah, dass der große Kahn noch ein wenig schaukelte, aber schwamm. Die Säule lag auf dem Kahn und Zeus starrte zu ihnen hinauf. Sie lag zwar ein wenig schief und eines ihrer Enden hing über die Reling, aber es sah aus, als hätte sie nicht viel abbekommen. Die Besatzung paddelte im Wasser herum. Sie machten zwar große Augen und waren ziemlich mitgenommen, aber es war ihnen nichts passiert.

Dr. Cooper begann, wieder zu atmen. Auch seine Kinder, seine Mitarbeiter und der Fremde waren noch nicht in der Lage, sich zu bewegen. Sie saßen einfach auf der Mauer, mit einem gehörigen Schreck in den Knochen, staubig, dankbar, noch am Leben zu sein, und völlig verblüfft.

Schließlich konnte Dr. Cooper wieder sprechen und meinte: »Na ja … wir haben sie auf dem Kahn.«

Stille. Ernste Gesichter.

Und dann verzog sich Bills Gesicht zu einem Lächeln. Jeff schnaubte ein Lachen durch die Nase. Jay brach in Gelächter aus. Dr. Cooper erlaubte sich ein Lächeln, dann ein Grinsen, dann ein Lachen und schüttelte verwundert den Kopf. Als Lila ihren Vater lachen sah, kam sie zu dem Schluss, dass alles in Ordnung sein müsse, und lachte auch. Sie begannen, einander zu umarmen und sich die Hände zu schütteln, glücklich, dass sie lebten, glücklich über ihren Erfolg.

»Es ist nicht zu fassen!«, rief Lila.

»Gott wirkt auf wundersame Weise«, entgegnete Dr. Cooper.

»Das kann man wohl sagen!«, meinte der Fremde und schüttelte Jacob Coopers Hand.

Da blickte Dr. Cooper dem Mann zum erstenmal direkt ins Gesicht und erkannte seinen Retter. »Brent! Brent Anderson!«

Brent Anderson strahlte über das ganze Gesicht. »Hallo, Jake. Wieder mal bei der Arbeit?«

»Das sieht man doch wohl, oder?«

Beide lachten und umarmten sich wie alte Freunde.

»Was in aller Welt machst du hier?«, fragte Dr. Cooper.

»Ich habe dich gesucht.«

»Jay! Lila! Ich möchte euch einen alten Freund vorstellen, Brent Anderson! Er ist Missionar in Afrika.«

»War«, warf Brent ein und schüttelte Jay und Lila die Hand. »Und ich werde es hoffentlich bald wieder sein.«

Dr. Cooper hörte an Brents Stimme, dass es Probleme gab. »Was ist passiert?«

Brents Gesicht wurde hart. »Idi Nkromo und seine Revolution. Er hat mit seinem Militär fast überall in Togwana die Macht ergriffen.«

Dr. Cooper erinnerte sich und nickte. »Ich hab's neulich in den Nachrichten gesehen. Scheint ein ziemlich gefährlicher Mensch zu sein.«

»Oh, er bringt jeden um, der ihm im Weg steht, seine Entscheidungen in Frage stellt oder an seiner Macht zweifelt – und mehr als alles andere hasst er Christen. Er hat die Kirchen schließen lassen; er tötet Gläubige oder sperrt sie ein. Sandy und ich sind mit knapper Mühe und Not lebend aus dem Land geflohen.«

Bill und Jeff spürten, dass dies eine ernste Unterhaltung werden würde. »Äh, Jake, wir werden die Ausrüstung verstauen«, meinte Bill.

»Danke, Jungs«, erwiderte Dr. Cooper.

Die beiden Männer gingen an der Mauer entlang zurück. Jay und Lila standen auf und wollten die beiden allein lassen, aber ihr Vater sagte leise: »Bleibt.« Sie setzten sich wieder auf die Mauer neben ihren Vater.

Dr. Coopers Stimme war leise und mitfühlend. »Seid ihr heil herausgekommen? Du, Sandy und die Kinder?«

»Ja, uns geht es gut. Wir wohnen jetzt in den Staaten. Ich gehöre zum Missionsvorstand, bis …« Brent lächelte wehmütig.

Jacob Cooper kannte seinen Freund. »Denkst du darüber nach, nach Togwana zurückzugehen?«

Brent nickte. »Ich habe meine Arbeit dort noch nicht beendet, Jake. Es gibt einen letzten Stamm, der auf der anderen Seite der Wüste lebt und noch nie das Evangelium gehört hat. Den Gerüchten nach sind sie ein gefährliches Volk, Kopfjäger und Kannibalen, die Fremde genauso schnell verspeisen, wie sie sie willkommen heißen. Aber Gott will, dass ich diesen Menschen das Evangelium bringe, und ich glaube, dass ich das auch tun werde – Idi Nkromo hin, Idi Nkromo her. Es wird geschehen, Jake.«

Dr. Cooper bewunderte den starken Glauben seines Freundes und nickte zustimmend. »Ich bin sicher, es wird so sein.«

Jetzt sah Brent seinem Freund in die Augen. »Gut, denn du könntest vielleicht dabei mithelfen.«

Jacob Cooper zog eine Augenbraue hoch und tauschte dann einen Blick mit seinen Kindern aus. »Wird es gefährlich sein?«

Brent nickte. »Das könnte sein.«

»Sie können mit uns rechnen«, sagte Jay schnell – was ihm einen warnenden Blick von Lila einbrachte.

Dr. Cooper wollte mehr hören. »Wie kann ich helfen?«

Brent Anderson sah über seine Schulter und die anderen folgten seinem Blick über die Ausgrabungsstätte hinweg. Dort standen zwei Afrikaner, offensichtlich Männer, die in ihrem Land hohe Positionen innehatten. Mit ihren langen Gewändern, die sie um ihre Körper gewickelt hatten, und ihrem kompliziert gearbeiteten Schmuck aus Knochen wirkten sie beinahe gespenstisch. Sie waren beide groß und kräftig und es schien, als ob ihre Augen einen Menschen geradewegs durchbohren konnten.

»In Togwana geschehen seltsame Dinge, Jake, Dinge, die niemand erklären kann, und deshalb bin ich hier. Diese Männer wurden vom Staatsminister der Republik Togwana gesandt.« Brent sah Dr. Cooper prüfend an. »Sie waren auf der Suche nach einem geistlichen Mann, einem Mann, der Gott nahe steht und Weisheit besitzt, um große Geheimnisse zu lösen. Sie kamen zunächst zu mir nach Amerika, aber ich habe sie zu dir gebracht.«

Als Jacob Cooper in die brennenden Augen der beiden hoch gewachsenen Besucher blickte, hatte er das Gefühl, dass er und seine Kinder bald nach Afrika gehen würden.

2

Als ihr Flugzeug schließlich in Togwana landete, sahen die Coopers viele Militärjeeps und -Lkws, die in der Nähe des winzigen Flughafengebäudes parkten. Soldaten in kakifarbenen Uniformen und schwarzen Baskenmützen standen herum und unter ein paar Palmen lehnten sogar zwei altgediente russische MIGs. Ganz offensichtlich hatte jetzt eine Militärregierung die Kontrolle dieses Landes übernommen – die Kontrolle über alles.

Als Lila aus dem Fenster des Flugzeugs blickte, fragte sie sich ganz unwillkürlich laut: »Was kommt da bloß auf uns zu?«

»Eine schöne neue Welt unter Togwanas neuem Diktator«, antwortete eine gutaussehende afroamerikanische Frau Ende Dreißig, die direkt hinter ihnen saß. Gleich darauf streckte sie ihnen ihre Hand entgegen. »Dr. Jennifer Henderson, Stanford Universität.«

Dr. Cooper schüttelte ihre Hand. »Äh … Jacob Cooper und das sind mein Sohn Jay und meine Tochter Lila.«

»Ich nehme an, Sie wurden von Bernard und Walter dort hinten eingeladen?«

Die Coopers warfen einen diskreten Blick zum hinteren Teil des Flugzeuges, wo die beiden ernsten Herren aus Togwana saßen. Sie hatten sich als Bernard und Walter vorgestellt.

»Sie wollten jemanden, der sich mit Steinen auskennt«, erklärte Dr. Henderson, »und deshalb haben sie mich eingeladen. Ich bin Geologin. Und Sie?«

»Ich bin Archäologe«, antwortete Dr. Cooper. Er hätte noch erwähnen können, dass er der Gründer des »Cooper Instituts für Biblische Archäologie« war und sich auf die alten Zivilisationen der Bibel spezialisiert hatte, aber er sagte nicht mehr, als nötig war. Die Coopers wussten nicht sicher, wer diese Frau wirklich war. Sie wussten nicht, ob man ihr trauen konnte.

»Also wollen sie zu ihrem kleinen Geheimnis die Meinungen von mindestens zwei Fachleuten hören«, sagte Dr. Henderson.

»Ich wüsste ganz gerne, um welches Geheimnis es sich eigentlich handelt«, warf Dr. Cooper ein. »Der Brief des Staatsministers war ziemlich vage.«

»Der Staatsminister soll uns angeblich am Flughafen mit einem Auto erwarten – und hoffentlich auch mit ein paar weiteren Informationen.«

Bernard und Walter halfen ihnen, ihr Gepäck zu tragen, und führten sie zu einem Durchgang im Sicherheitszaun des Flughafens. Dort trafen sie auf einen uniformierten Mann mit Tressen auf den Schultern und Orden an der Brust, der sich rasch und militärisch bewegte. Er lächelte breit und winkte ihnen mit nervösen kleinen Handbewegungen. »Hallo! Die Doktoren Henderson und Cooper, nicht wahr?« Er streckte ihnen zur Begrüßung die Hände entgegen. »D. M. Mobutu, Staatsminister der Republik Togwana!«

Dr. Cooper schüttelte seine Hand. »Dr. Jacob Cooper. Dies sind meine Kinder Jay und Lila.«

Der dünne Mann schüttelte leidenschaftlich, beinahe schon komisch, ihre Hände.

Dann war Dr. Henderson an der Reihe und für sie hielt er eine besondere Begrüßung bereit. »Aaah, Dr. Henderson. Ich habe mich auf diesen Augenblick gefreut.« Mit einer eleganten Bewegung nahm er ihre Hand und küsste sie.

Dr. Henderson verschwendete keine Zeit und kam gleich zur Sache. »Und wir haben uns auf die Herausforderung gefreut, für die wir hierher gekommen sind. Wie schnell können wir anfangen?«

Mobutu blickte prüfend zum Himmel. »Das Wetter wird besser. Vielleicht können wir auf dem Weg zum Präsidentenpalast einen ersten Blick auf unser kleines Problem werfen.«

Dr. Cooper war ein wenig verwundert. »Das wäre mir sehr recht, denn wir würden alle sehr gern Genaueres über Ihre Situation hören –«

»Kommen Sie! Ein Wagen erwartet uns!« Mobutu rief den Begleitern zu: »Philip! Thomas! Bringt ihr Gepäck!«

»Sie meinen Bernard und Walter, oder?«, warf Dr. Cooper ein.

»Oh, natürlich«, stimmte Mobutu rasch zu. »Bernard und Walter. Ja!«

Anstatt durch das kleine Flughafengebäude zu gehen, eilten sie unter dem dichten Blätterdach von Bäumen einen schmalen Weg hinunter und dann hinaus in eine Seitenstraße. Dort wartete bereits eine lange weiße Limousine mit getönten Scheiben. Bernard und Walter luden das Gepäck in den Kofferraum, während Mobutu die Beifahrertür öffnete.

»Mit Klimaanlage«, sagte er stolz.

Das war etwas, das die amerikanischen Gäste mittlerweile dringend benötigten, und so stiegen sie ein. Bernard und Walter, deren Auftrag hiermit beendet war, eilten einen Pfad hinauf, der in den Dschungel führte, und verschwanden.

Als der Fahrer auf das Gaspedal trat und die Limousine sich ruckartig vom Bordstein entfernte, hatte man fast den Eindruck, dies sei eine Flucht.

Mobutu saß neben ihnen und versuchte, sein freundliches Lächeln beizubehalten, wirkte aber nervös. Er sah angestrengt aus dem Fenster, während die Limousine auf der engen Straße entlangraste, zunächst durch grünen Dschungel, dann vorbei an primitiven Bauernhäusern und kleinen Lehmhütten.

Dr. Cooper versuchte, eine Unterhaltung in Gang zu bringen. »Sie … arbeiten also für Präsident Nkromo, nicht wahr?«

Mobutu lächelte breit. »Oh ja. Als Staatsminister stehe ich dem Präsidenten ziemlich nah. Ich bin sein persönlicher Assistent.« Dann fügte er mit Nachdruck hinzu: »Und unsere neue Regierung arbeitet sehr gut. Der Präsident ist mächtig. Er hat in unserem Land für Ordnung gesorgt!«

Dr. Cooper nickte und lächelte. Er konnte spüren, dass Mobutu Schwierigkeiten hatte, seine eigenen begeisterten Prahlereien zu glauben.

Die Limousine hatte jetzt die verwahrlosten Außenbezirke von Nkromotown erreicht, in denen noch nichts verändert worden war. Man sah immer noch meist kleine Häuser, Scheunen und Hühnerställe, die aus Lehmziegeln und ab und an auch aus Beton gebaut waren. Menschen und Schweine, Kinder und Hühner, Rinder und Ochsen liefen frei in den Feldern, Dickichten und Seitenstraßen herum.

»Sie sollten wissen«, platzte Mobutu plötzlich heraus, »dass es nicht die Idee des Präsidenten war, Sie nach Togwana zu bringen.«

Sofort waren alle Augen auf ihn gerichtet.

Mobutu fuhr sichtlich nervös fort: »Ich muss Ihnen erklären, dass der Präsident für Außenstehende nicht viel übrig hat und Ratschläge kann er noch weniger gebrauchen, noch nicht einmal von Menschen, die ihm nahestehen. Er möchte nicht, dass es so aussieht, als sei er schwach oder benötige Hilfe von irgendjemandem.«

Dr. Cooper tauschte mit den anderen Blicke aus. Dann fragte er: »Ist das der Grund für diese Heimlichtuerei?

Dafür, dass Sie das Flughafengebäude gemieden haben, in diesem Auto davongerast sind und Ihre beiden Leute Philipp und Thomas genannt haben?«

Mobutu nickte. »Bernard und Walter möchten nicht, dass ihre Namen mit diesem Unternehmen in Verbindung gebracht werden, falls es …« Er musste die Worte förmlich aus seiner Kehle pressen. »… falls es fehlschlagen sollte.«

Dr. Coopers Stimme klang fest. »Mr. Mobutu, weiß der Präsident überhaupt, dass wir hier sind?«

»Oh ja«, erwiderte Mobutu mit einem heftigen Nicken. »Ja, er weiß, dass Sie hier sind, und er ist nicht dagegen. Es ist nur so …« Mobutu senkte den Blick. »Er stimmte nur widerwillig zu und warnte mich, dass niemand davon erfahren dürfe.« Dann beugte er sich vor und sprach mit leiser Stimme weiter: »Aber Sie sollten wissen, dass ich ihm anbot, einen Geologen und einen Archäologen herzubringen. Ich habe ihm nicht gesagt, dass ich ihm jemanden bringen würde, der auch … ähm… geistliche Referenzen besitzt.«

Dr. Cooper warf ein: »Meinen Sie damit die Tatsache, dass ich und meine Kinder –«, wurde jedoch unterbrochen.

»Pst!« Mobutu hob die Hand. »Sprechen Sie es nicht aus. Denken Sie nicht einmal daran, solange Sie in diesem Lande sind. Präsident Nkromo hat schon Tausende vertrieben, die Ihrer … religiösen Überzeugung sind. Diejenigen, die nicht gingen, wurden eingesperrt, mussten Zwangsarbeit verrichten und einige … wurden hingerichtet.«

Jacob Coopers Stimme klang scharf, als er fragte: »Und Sie haben uns trotzdem hierher geholt, obwohl Sie wussten, dass wir dadurch in Lebensgefahr geraten könnten?«

Mobutu verneigte sich ein wenig und meinte scheinbar demütig: »Dr. Cooper, um das Problem zu lösen, das wir haben, wird mit Sicherheit mehr nötig sein als ein reiner Wissenschaftler.«

Jennifer Henderson zog bei dieser Bemerkung eine Augenbraue hoch, aber Mobutu fuhr fort: »Möglicherweise braucht man jemanden mit Augen, die hinter das sehen, was sichtbar ist.«

Dr. Coopers Augen wurden schmal, als er ihm antwortete: »Mr. Mobutu, Sie haben uns einiges zu erklären.«

Aber anstatt zu erklären, beugte sich Mobutu dicht an das Fenster, blickte zum Himmel und klopfte dann an die gläserne Trennwand. Der Chauffeur sah nach hinten, Mobutu rief laut einige Anweisungen und beinahe augenblicklich bog der Fahrer scharf nach links von der Hauptstraße ab und fuhr eine steile, kurvige Straße in die Berge hinauf.

»Fahren wir nicht in die Stadt?«, fragte Dr. Cooper.

»Nein«, erwiderte Mobutu, »noch nicht.«

»Wohin fahren Sie mit uns?«

»Zuerst müssen Sie den Stein sehen«, antwortete Mobutu, »und dann werden wir weiter reden.«

»Den … Stein?«

Mobutu sprach leise weiter: »Wir nennen ihn einen ›Baloa-Kota‹, das heißt ein Omen, ein böses Zeichen. Das ist der Grund, warum wir Sie hierher geholt haben. Viele, einschließlich des Präsidenten, glauben, dass der Stein Zauberei ist.«

Dr. Henderson sah bestürzt aus. »Sie haben uns den ganzen langen Weg nach Afrika geholt, nur, damit wir uns einen Stein ansehen?«

Mobutu lächelte sie nur an. »Das ist doch Ihr Beruf, oder?«

Wenige Minuten später erreichte die Limousine die Spitze eines Hügels, bog von der Straße auf eine Kiesfläche und kam schlingernd zum Stehen. Der Chauffeur in seiner ordentlich gebügelten Uniform und seiner Mütze, die gerade auf seinem Kopf saß, stieg aus, ging nach hinten und öffnete mit einer leichten Verbeugung die Tür.

Mobutu stieg aus und wartete höflich. »Bitte«, winkte er.

Dr. Cooper, der sich immer noch über die Sicherheit der Gruppe Gedanken machte, sah zunächst hinaus und stieg dann aus. »Es ist in Ordnung.«

Die anderen folgten.

Sie hatten auf einem hohen Felsvorsprung geparkt, von dem aus man einen guten Blick über die Stadt und die dschungelbedeckte Hügelkette hatte, die sich nach Osten hin ausstreckten. Die Wolken lösten sich langsam in der Nachmittagssonne auf und man hatte eine weite, ungehinderte und sehr schöne Aussicht. Nkromotown war eine kleine Stadt aus weißem Stein, grauem Beton und roten Dachziegeln. Dr. Cooper konnte im Zentrum der Stadt eine Ansammlung von großen Steingebäuden sehen – höchstwahrscheinlich der Präsidentenpalast und das Parlamentsgebäude, die jetzt von Nkromo und seinen Militärobersten in Besitz genommen worden waren.

»Eine schöne Stadt, Mr. Mobutu«, meinte er und wandte sich zum Staatsminister um. Als er diesen nicht sehen konnte, schaute er sich suchend um. »Ein schönes Land, und –«

Der Satz erstarb ihm auf den Lippen, als er seinen Blick in westlicher Richtung über das weite, wilde Wüstengebiet schweifen ließ. Mobutu stand am Rand der Klippe neben Jennifer Henderson, Jay und Lila. Er sah erst nach Westen und dann zu ihm hinüber. Offensichtlich wollte er seine Reaktion sehen.

Dr. Cooper wusste nicht, wie er reagieren sollte. Er wusste nicht einmal, was er glauben sollte. Er blinzelte, dann rieb er sich die Augen. Ich kann unmöglich sehen, was ich gerade zu sehen glaube, dachte er.

»Dad …«, sagte Jay. Seine Stimme war nur ein leises Flüstern. Offensichtlich sah er es auch.

»Was … ist das?«, fragte Lila. »Wie kommt es –«

»Ist es eine Fata Morgana?«, warf Dr. Henderson ein.

Mobutu schüttelte seinen Kopf. »Keine Fata Morgana, Dr. Henderson. Was Sie sehen, ist tatsächlich da.«

Die Wolken lösten sich weiter auf und enthüllten … eine Mauer? Eine steile Klippe? Ein hohes Plateau?

Was auch immer es war, es füllte den Zwischenraum zwischen zwei Gebirgsklippen im Norden und Süden vollkommen aus und erstreckte sich vom Wüstenboden hoch bis über die Wolken.

»Wie weit ist es entfernt?«, fragte Dr. Cooper. Er war sich sicher, dass seine Augen sich täuschten.

Mobutu schätzte: »Von hier aus etwa achtzehn Kilometer.«

»Zehn Meilen!«, rief Dr. Henderson aus.

»Dann ist es so groß, wie es aussieht«, folgerte Dr. Cooper.

»Es ist ein Berg!«, sagte Lila. Ihr Stimme war vor ehrfürchtigem Staunen gedämpft.

Die Sonne bewegte sich jetzt nach Westen, so dass die Oberfläche im Schatten lag und Einzelheiten schwer zu erkennen waren. Aber die Umrisse hoben sich hart vom Himmel ab und waren nur an wenigen Stellen durch hohe, flaumige Wolken verdeckt: Es war ein rechteckiger Stein, ein riesiger Block mit rechtwinkligen Ecken, an jedem Ende steil und senkrecht und so weit man sehen konnte, war er oben vollkommen eben. Und Lila hatte Recht: Er war nicht kleiner als ein Berg.

»Wie …« Dr. Cooper hatte Mühe, Luft zu holen. »Wie hoch ist er?«

»Nach unseren Schätzungen beinahe vier Kilometer.«

»Das sind ja mehr als zehntausend Fuß!«, rief Jay aus.

»Und wir nehmen an, dass er mindestens acht Kilometer lang und zwei Kilometer breit ist«, fuhr Mobutu fort.

»Wie lange ist er schon da?«, fragte Dr. Cooper.

»Erst seit ein paar Wochen, Doktor«, erwiderte Mobutu. »Von hier aus konnte man früher das Land hinter den Bergen und die flache Wüste überblicken. Jetzt ist die ganze westliche Hälfte von Togwana vor unseren Blicken verborgen.«

Dr. Henderson sank sogar zu Boden, so überwältigt war sie von dem Anblick. »Stein? Ist er aus Stein?«

»Wir meinen, ja.«

»Aber wie ist er dorthin gekommen? Und wieso?«

Mobutu runzelte die Stirn. »Dr. Henderson, wir haben Sie eingestellt, um diese Fragen zu beantworten.«

Sie schüttelte nur den Kopf. »Aber das ist ... das ist unmöglich. Nie zuvor ist in der Natur jemals etwas von dieser Größe und Form aufgetreten!«

»Und deshalb nennen wir ihn einen ›Baloa-Kota‹«, erwiderte Mobutu ernst. »Das bedeutet ein schrecklicher Fluch, eine Plage, die zu uns gesandt wurde! Und jetzt sehen Sie ihn mit Ihren eigenen Augen: den Stein von Togwana!«

Ein junger Butler in einem grünen Smoking öffnete im Präsidentenpalast die großen Mahagonitüren und verkündete: »Seine Exzellenz, der Staatsminister, mit seinen ehrenwerten Gästen!«

Sie betraten das Gemach des Präsidenten, das mit seiner hohen Bogendecke, den Buntglasfenstern und den säulengesäumten Marmorwänden an eine Kathedrale erinnerte. Am anderen Ende des Raumes, am Ende einer langen Straße aus rotem Teppich, saß seine Exzellenz, Präsident und Feldmarschall Idi Nkromo, hinter einem Schreibtisch, der die Größe eines Schlachtschiffs hatte. Die Orden auf seiner Brust glitzerten wie ein Weihnachtsbaum. Nkromo blickte sie finster an. Seine Augen waren groß und traten vor Wut hervor. An der edel getäfelten Wand hinter ihm starrte sein Ölporträt mit demselben zornigen Ausdruck, nur dass es doppelt so groß war.

»Ich bin Oz, der Große und Mächtige!«, flüsterte Jay und Lila versetzte ihm einen strafenden Stoß in die Seite.

Sie gingen weiter, an ihrer Spitze Mobutu, und standen dann Schulter an Schulter in einer geraden Reihe vor dem Regenten.

»Eure Exzellenz«, verkündete Mobutu und stand so gerade, als habe er einen Stock verschluckt, »darf ich Ihnen die Wissenschaftler aus Amerika vorstellen: Dr. Jennifer Henderson, Geologin, und Dr. Jacob Cooper, Archäologe.«

Nkromo wies auf Jay und Lila und seine Augen blickten Mobutu fragend an. »Und ...?«

Mobutu platzte los: »Und Dr. Coopers Kinder, Jay und Lila.«

Nkromo sah erst Dr. Henderson an, dann Dr. Cooper und schließlich Jay und Lila. In seinem Gesicht war nicht die geringste Spur von Freude über ihre Anwesenheit zu erkennen. Dann sprach er endlich. Seine Stimme klang tief, laut und einschüchternd. »Ich heiße Sie in der Republik Togwana willkommen! Wir werden einander behilflich sein, nicht wahr? Sie werden den Stein entfernen und ich werde Sie gut bezahlen.«

»Ja«, begann Dr. Henderson, »wir müssen über unser Honorar sprechen, bevor wir –«

»Wie lange wird es dauern?«, unterbrach sie Nkromo.

Sie wussten nicht, was sie antworten sollten. Sie waren sich nicht einmal sicher, ob sie die Frage verstanden hatten.

Dr. Cooper verbeugte sich leicht und entgegnete: »Eure Exzellenz, wir sind gerade erst angekommen und wissen sehr wenig über den Stein. Falls es Ihnen recht ist, müssen wir in die Wüste fahren und ihn genau untersuchen, um herauszufinden, um was es sich handelt und woher es gekommen ist.«

»Und wie man es entfernen kann, ja?«

An diesem Punkt schaltete sich Dr. Henderson ein. »Wir werden Fahrzeuge und Ausrüstung benötigen, Lebensmittel und Wasser –«

Nkromo unterbrach sie mit einer Handbewegung und erklärte: »Mr. Mobutu wird sich darum kümmern. Ganz gleich, was Sie brauchen, er wird es Ihnen besorgen.«

»Vielen Dank, Sir«, sagte Dr. Cooper.

Nkromo erhob sich von seinem Stuhl. Mobutu trat einen Schritt zurück und die vier Gäste taten dasselbe. Dann klopfte sich der Präsident anerkennend auf seinen großen Bauch und bewunderte das alles beherrschende Porträt, das ihn darstellte. »Wenn ich will, dass etwas getan wird, dann wird es getan, verstehen Sie? Ich hatte zehn Medizinmänner, aber sie konnten den Stein nicht entfernen. Sie konnten ihn nicht bewegen. Sie konnten ihn nicht einmal kleiner machen.« Er schüttelte bedauernd den Kopf. »Deshalb habe ich befohlen, ihre Köpfe mit Steinen einzuschlagen.«

Lila schnappte unwillkürlich nach Luft. Der Regent war über diese Reaktion erfreut. »Sie werden also nicht versagen, das weiß ich. Sie sind Wissenschaftler aus Amerika! Sie kennen sich mit Steinen aus! Ich weiß, dass Sie mir Freude machen werden.«

Dr. Cooper versuchte, seiner Stimme einen festen Klang zu geben, als er fragte: »Wenn wir Sie also richtig verstehen, Sir, erwarten Sie von uns, dass wir den Stein entfernen?«

»Ja! Bringen Sie ihn weg!«, brüllte Nkromo wütend und wedelte zornig mit seinem Arm. »Bringen Sie ihn weit weg von hier, wohin, ist mir egal! Er darf meiner Herrschaft nicht länger im Wege liegen!« Dann hob er seine Hand in ihre Richtung, als wolle er sie segnen, aber seine Stimme klang mehr wie eine Drohung: »Mögen Sie erfolgreich sein!«

3

Sie eilten durch die Palastanlagen, um möglichst schnell von dort wegzukommen. Dr. Henderson war die erste, die etwas sagte. »Also, ich habe genug gehört. Ich werde das nächste Flugzeug nehmen, das von hier weggeht!«

»Wenn Sie versuchen, Togwana ohne Erlaubnis zu verlassen, wird man Sie erschießen«, erklärte Mobutu. Das war klar und deutlich.

Dr. Henderson blieb vor Staunen der Mund offen stehen. »Das können Sie doch nicht ernst meinen!«

»Sie vergessen, dass dies eine afrikanische Diktatur ist«, entgegnete Dr. Cooper. »Nkromo kann tun und lassen, was er will.«

»Nkromo ist verrückt!«, warf Dr. Henderson aufgeregt ein.

Mobutu warnte sie mit hektischen kleinen Handbewegungen. »Nein! Sprechen Sie niemals schlecht über den Präsidenten!« Er senkte seine Stimme und gab ihnen einige Ratschläge. »Selbst wenn er verrückt ist, ist das vollkommen unwichtig! Das Einzige, das zählt, ist, dass er bekommt, was er will. Ansonsten sterben Menschen – sogar Sie.«

»Aber dieser Stein ist eine unglaubliche Laune der Natur, so riesig – es ist echt verrückt! Wenn Nkromo ihn mit seiner ganzen Armee nicht bewegen konnte, was sollen wir denn dann machen?«

»Aber wir wissen bisher doch noch nicht einmal, was es ist!«, entgegnete Jay.

»Und ich sterbe vor Neugier«, sagte Lila.

»Also, ich möchte ganz und gar nicht sterben!«, meinte Jennifer Henderson wütend.

»Dr. Henderson.« Dr. Cooper berührte sanft und tröstend ihre Schulter. »Möglicherweise stehen wir direkt vor einer unglaublichen Entdeckung und wir wären unserem Beruf untreu, wenn wir davor wegliefen. Was Nkromo betrifft, so hat er offensichtlich Angst davor. Es ist etwas, das er nicht versteht und worüber er keine Kontrolle hat. Wenn wir ihm ein paar Antworten präsentieren können, ändert sich seine Haltung vielleicht.«

Dr. Henderson wurde endlich etwas ruhiger und nickte. »Gut … uns bleibt ja wohl sowieso nichts anderes übrig, oder?«

Dr. Cooper sah Lila an, als er mit Mobutu sprach. »Wir haben eine Liste für Sie.« Lila zog mehrere Bögen Papier aus ihrer Tasche und gab sie Mobutu, während ihr Vater weitersprach. »Wir werden Fahrzeuge benötigen, eine Landvermessungsausrüstung …«

»Seismische Geräte«, schloss sich Dr. Henderson an, »und einen Kernbohrer.«

»Oh, und wir werden ein Flugzeug brauchen, einmotorig, mit hoch angesetzten Tragflächen, das auf kurzen Landebahnen starten und landen kann.« Dr. Cooper wies auf die Liste. »Es steht alles da drauf.«

Mobutu überflog mit großen Augen die Liste.

»Oh«, sagte Lila und zog ein weiteres Blatt Papier hervor. »Und hier ist die Einkaufsliste mit den Lebensmitteln.«

»Kommt«, meinte Dr. Cooper, »wir wollen uns das Ding einmal ansehen.«

Nachdem sie gegessen und leichtere Kleidung angezogen hatten, waren die Coopers und Dr. Henderson bereit für ihre erste Fahrt in die wilden Wüstengebiete im westlichen Togwana. Sie fuhren in einem Landrover, den Mr. Mobutu besorgt hatte – er hatte ganz oben auf der Liste gestanden. Mr. Mobutu kam mit, nicht, weil er es wollte, sondern weil Nkromo es verlangte.

Die Straße, die in die Wüste hineinführte, war schlecht, aber offensichtlich viel befahren, zumindest von Nkromos Armee. Sie schlängelte sich Meile um Meile durch eine tote, unfreundliche Landschaft: vom Wind geformte Felsspitzen und tiefe, ausgehöhlte Rinnen, sonnenverbrannte, zackige Felsen und Sand, der ständig vom Wind weitergetrieben wurde. Mit jeder Meile, die sie fuhren, wurde der Stein größer und seine obere Kante erhob sich höher über sie, bis sie schließlich in den Schatten des Steins hineinfuhren – Meile um Meile Schatten folgte, als sei die Sonne hinter einer Wolkenbank mit vollkommen gerader Kante verschwunden. Jay und Lila streckten ihre Köpfe aus den Fenstern, um die Oberkante des Steins zu sehen, die sich mehrere hundert Meter über ihnen befand und durch das Licht der Sonne, die sich dahinter verbarg, vollkommen schwarz wirkte.

Dr. Cooper hielt den Rover an und sie traten in die Wüste hinaus, um sich den Stein anzusehen. Jay suchte mit einem Fernglas die Oberkante des Felsens ab. Das vergrößerte Bild zitterte auf Grund seiner inneren Erregung. »Ich glaube, ich sehe da oben auch Eis. Also müsste der Gipfel wohl oberhalb der Schneegrenze liegen.«

»Ist irgendetwas Besonderes zu erkennen?«, fragte Dr. Cooper.

»Nein. Diese obere Kante ist so gerade, dass sie mit Fernglas genauso aussieht wie ohne.«

Jacob Cooper schüttelte verwundert den Kopf. »Fällt Ihnen irgendetwas dazu ein, Dr. Henderson?«

Jennifer Henderson wirkte wie gebannt, während sie den Stein anstarrte.

»Dr. Henderson?«, fragte Dr. Cooper erneut, diesmal ein wenig besorgt.

Sie sah ihn erschreckt an, so, als erwache sie aus einem Zauber. »Wie bitte? Oh. Nichts, Dr. Cooper. Er erinnert mich an die Basaltsäulen bei Devil's Tower in Wyoming

… aber dies hier ist noch ganz anders. Ich kann mir nicht vorstellen, dass das hier eine natürliche Erscheinung ist.« Und dann ließ sie zu, dass ein wenig von ihrer Angst zu erkennen war, als sie fortfuhr: »Und ich bin nicht sicher, ob wir noch näher gehen sollten.«

Dr. Cooper respektierte ihre Besorgnis. »Lila, hole bitte den Geigerzähler. Wir sollten lieber überprüfen, ob es irgendwelche Strahlungen gibt.« Er erhielt keine Antwort. »Lila?«

Lila stand etwas abseits allein da, bewegungslos, und starrte den Stein an, als sähe sie eine Vision.

Ihr Vater trat ruhig zu ihr. »Lila? Was denkst du?«

Sie hörte seine Frage und sah in seine Richtung, aber ihr fiel keine Antwort ein – zumindest nichts, was wissenschaftlich klang. Wissenschaftliche Beobachtungen machte man mit den Augen, mit den Ohren und mit Werkzeugen und Instrumenten; sie fühlte etwas in ihrem Herzen, etwas, das sie mit Worten nicht beschreiben konnte. So fühlte sie sich gewöhnlich bei großen Symphonien. Oder bei schönen Sonnenuntergängen. Oder bei einem Bibelvers, der gerade zur richtigen Zeit gesagt oder gelesen wurde.

»Ich weiß nicht, Dad«, sagte sie schließlich mit leiser Stimme. »Es ist nur … er ist einfach nur wundervoll, das ist alles.«

Dr. Henderson war anderer Meinung. »Ich meine, er könnte gefährlich sein!«

»Ich habe keine Angst«, erwiderte sie. »Ich möchte näher herangehen. Ich möchte ihn berühren.«

»Ich auch«, erklärte Jay und brachte den Geigerzähler herbei. Er stellte ihn an und drehte an den Knöpfen. »Keine Strahlung. Ich denke, er ist ungefährlich.«

»Wenn es ein Baloa-Kota ist«, warf Mobutu ein, »dann kann es niemals ungefährlich sein!«

»Nun …« Dr. Cooper starrte zu dem Stein hinauf und kratzte sich am Kopf. »So lange wir so weit entfernt sind, sollten wir vielleicht ein paar Messungen mit dem Winkelmessgerät durchführen, um etwas über seine Größe herauszufinden, oder?«

Sie arbeiteten im Team, gingen hin und her, maßen, sahen durch das Teleskop des Winkelmessgerätes und rechneten. Am Spätnachmittag hatten sie ein paar Zahlen.

»Die Seite, die vor uns liegt, verläuft ungefähr von Norden nach Süden«, erklärte Jay und sah auf seine Notizen. »Wir wissen noch nichts über die anderen Seiten, weil wir sie von hier aus nicht sehen können, aber wie dem auch sei …« Er kritzelte, radierte, kritzelte wieder. »Wenn ich keinen Fehler gemacht habe, ist die Seite direkt vor uns ziemlich genau 20 380 Fuß lang und 9 348 Fuß hoch. Das bedeutet, ähm …« – er tippte die Zahlen in seinen Taschenrechner ein – »der Stein ist etwa 6,21 Kilometer lang und 2,85 Kilometer hoch.«

Er reichte seinem Vater die Notizen über die Motorhaube des Landrovers hinweg. Dr. Cooper pfiff vor Erstaunen, als Dr. Henderson sich neben ihn stellte, um Jays Aufzeichnungen zu studieren. Sie konnte nur ihren Kopf schütteln, als sie sie las.

»Gut gemacht, Jay«, lobte Dr. Cooper seinen Sohn. »Jetzt sind wir bereit für den nächsten Schritt.«

»Und der wäre?«, fragte Dr. Henderson.

»Wir haben alles erfahren, was wir aus der Ferne herausfinden können. Jetzt werden wir an den Stein herangehen und ihn anfassen müssen.«

»Wir könnten einen schlafenden Löwen wecken«, warnte Mobutu.

»Das wäre schon möglich. Aber ich fände es unerträglicher, hierzubleiben und nichts zu wissen, nichts zu erfahren. Wir haben immer noch drei Stunden Tageslicht.«

Dr. Henderson richtete ihre Augen auf den Stein und betrachtete seine flache, glatte, makellose Oberfläche und seine Farbe, ein stumpfes, vulkanisches Rot. Sie machte sich nicht die Mühe, ihre Furcht zu verbergen, obwohl sie zustimmte. »Also gut, gehen wir und fassen wir ihn an – aber lassen Sie den Motor laufen.«

Als sie auf den Stein zufuhren, sah er wie eine riesige Mauer aus und je näher sie kamen, umso höher schien er zu werden. Nachdem sie fünf Kilometer gefahren waren, hatten sie einen Punkt erreicht, an dem das südliche Ende ganz rechts von ihnen zu sein schien, das nördliche Ende ganz links von ihnen und die Oberkante beinahe senkrecht über ihnen. Es wurde einem vom bloßen Hinsehen schwindelig.

»Vollkommen vertikal!«, rief Dr. Henderson aus. »Vollkommen eben!«

»He«, sagte Jay, »ich glaube, ich sehe die Unterkante!«

Sie waren gerade über eine kleine Anhöhe gefahren. Dr. Cooper brachte den Wagen vorsichtig zum Stehen. Sie sahen, dass eine halbe Meile vor ihnen die Wüstenstraße dort, wo jetzt der Stein lag, abrupt endete. Aber nicht nur die Straße hörte hier auf. Die ganze Wüste – Sand, Steine, Gestrüpp, Felsformationen, einfach alles – hörte ebenfalls hier auf. Ganz unvermittelt, so, als habe man mit einem Messer einen sauberen Schnitt gemacht, war die Wüste jetzt geteilt – von einer schnurgeraden Mauer aus rötlichem Stein, die sich so weit nach Norden und nach Süden erstreckte und in den Himmel erhob, dass sie endlos zu sein schien.

Dr. Cooper sah durch sein Fernglas erst nach Norden und dann nach Süden. »Der Stein stößt an beiden Seiten gegen steile Felsen. Ich weiß nicht, ob wir um ihn herumfahren können. Vielleicht ist es nicht einmal möglich, zu Fuß um ihn herumzugehen.«

»Der versperrt seiner Exzellenz den Weg!«, witzelte Jay, der sich an Nkromos wütende Worte erinnerte. »Ich frage mich wirklich, was auf der anderen Seite ist.«

»Neiiin«, warnte sie Mobutu und machte eine abwehrende Handbewegung. »Sie sollten nicht auf die andere Seite gehen. Das Land dort gehört den Motosas, einem Wüstenstamm, der aus Kannibalen und Kopfjägern besteht. Sie sind erbarmungslos und blutrünstig, ein echtes Problem, das wir beseitigen wollten.«

Dr. Cooper dachte einen Augenblick nach. »Nun, wie es aussieht, haben Sie jetzt eine Mauer, um sie zurückzuhalten.«

Mobutu machte nur ein finsteres Gesicht und schwieg.

»Wollen wir weiterfahren?«, fragte Dr. Cooper.

»Wir sollte auf jeden Fall Schutzhelme aufsetzen, alle«, warnte Dr. Henderson. »Falls irgendwelches Geröll oder Eis losbricht, wird es direkt auf uns fallen.«

Sie nahmen ihre gelben Schutzhelme und setzten sie auf. Dann legte Dr. Cooper den Gang ein und ließ den Wagen vorsichtig im Standgas rollen. Das leise Brummen des Motors und das Knirschen von Sand und Steinen unter den Rädern waren die einzigen Geräusche, die zu hören waren. Schließlich trat er etwa 15 Meter vor dem Stein auf die Bremse und stellte den Motor ab.

Jetzt war die Stille so vollkommen, dass sie das Blut in ihren Ohren rauschen hörten, das »Tick-tick« des abkühlenden Motors und das leise Knarren und Quietschen, wenn sich im Rover jemand bewegte.

Sie sahen Dr. Henderson an. Dies war ihr großer Augenblick.

Die junge Frau stieg aus dem Rover und ging vorsichtig, beinahe schon auf Zehenspitzen, auf den riesigen rötlichen Wall vor ihr zu. Die anderen folgten: Jacob Cooper war wenige Schritte hinter ihr, Jay und Lila ein paar Schritte hinter ihm und Mobutu hielt sich in respektvoller Entfernung. Dr. Henderson blieb mehrmals stehen, um nach oben zu schauen, aber sie setzte weiter einen Fuß vor den anderen, bis sie den Stein vorsichtig und verstohlen mit der ausgestreckten Hand berührte.

Nichts geschah. Der »schlafende Löwe« schlief weiter, zumindest erst einmal.

Während die anderen zusahen und ungeduldig auf ihr Urteil warteten, fuhr Dr. Henderson leicht mit ihren Fingern über die Oberfläche, betrachtete sie dann aufmerksam, blickte hin und her, auf und ab. Sie konnten sehen, wie sie immer mehr die Fassung verlor. Sie griff in ihren Werkzeugbeutel, holte ein Vergrößerungsglas heraus und studierte die Oberfläche des Steins aus nächster Nähe. Ihre Nase war nur wenige Zentimeter von dem Stein entfernt.

Als sie sich endlich umdrehte und die anderen ansah, waren in ihrem Gesicht Staunen und Angst zu sehen. »Er ist anscheinend von Menschen gemacht!«

Von Menschen gemacht? Sie gafften den Stein an und warteten darauf, dass sie es glauben konnten.

»Ooooooh …« Mobutu stieß einen ängstlichen, zitternden Schrei aus, schüttelte den Kopf und entfernte sich von dem Stein.

»Na toll!«, platzte Jay heraus und ballte glücklich seine Fäuste. Ein Stein dieser Größe war natürlich schon faszinierend, aber ein *künstlicher* Stein dieser Größe war ein echtes Rätsel!

Dr. Cooper trat rasch vorwärts und berührte den Stein selbst.

»Sehen Sie?«, fragte ihn Dr. Henderson aufgeregt. »Sehen Sie die Werkzeugspuren? Irgendjemand hat dieses Ding behauen. Sie haben ihn gemeißelt. Das ist alles andere als eine natürliche Erscheinung!«

Jacob Cooper konnte sehen, wovon Dr. Henderson sprach. Obwohl die Spuren nur sehr fein und aus der Entfernung nicht zu erkennen waren, verriet die Oberfläche doch, dass hier handwerklich sehr geschickt gearbeitet worden war. Er trat einige Schritte zurück und sah an der riesigen Mauer gerade nach oben. »Das könnte die Symmetrie erklären, die unnatürliche, rechteckige Form, die geraden Kanten und die 90-Grad-Winkel.« Er trat wieder an den Stein heran, um ihn noch einmal zu berühren und genauer zu betrachten. »Uralte Steinmetzarbeit …«, murmelte er. »Steinmetzarbeit, auf die Salomo stolz gewesen wäre.« Er sah wieder gerade an der Wand nach oben. Sein Kinn ruhte beinahe an ihr. »Dieses Ding ist entworfen worden. Aber es hätte Jahre, ja, Jahrhunderte gedauert, das hier fertigzustellen. Mr. Mobutu!«

Mobutu antwortete aus sicherer Entfernung. »Ja, Dr. Cooper?«

»Sagen Sie mir noch einmal, wie der Stein erschienen ist. Sie sagen, er ist jetzt erst seit einigen Wochen hier, und niemand wisse, woher er kommt?«

»Das ist richtig, Doktor. Als wir alle zu Bett gingen, war die Wüste so, wie sie schon seit Jahrhunderten gewesen war. Als wir am nächsten Morgen aufstanden, war dieses Ding hier, so, wie Sie es heute sehen.«

Jacob Cooper schüttelte langsam seinen Kopf. Er war ratlos. »Wer könnte solch einen riesigen Stein behauen und ihn über Nacht in dieser Wüste ablegen?«

»Und aus was haben sie ihn herausgehauen?«, fragte Dr. Henderson. »Stellen Sie sich die Größe des Steinbruchs vor oder das Loch, das zurückgeblieben sein muss, nachdem der Stein entfernt wurde …«

»Vielleicht ist es ein Meteor«, meinte Jay und berührte ihn. »Er ist einfach aus dem All hier heruntergefallen.«

»Dann wäre er der sanfteste Meteorit der Geschichte, so weich, wie er aufgeschlagen ist«, erwiderte sein Vater. »Kein Krater, kein Feuer, kein Anzeichen eines Aufpralls.«

Lila trat heran und presste ihre Handflächen an die glatte Oberfläche des Steins. Ja, dachte sie. Da ist es wieder, dieses Gefühl. Wie eine großartige Symphonie, wie eine liebevolle Umarmung oder wie ein Feuer in einer kalten Nacht.

Jay stellte weiter Theorien auf. »Vielleicht hat eine frühere Zivilisation herausgefunden, wie man es anstellt, dass sich dieses Ding aus einer anderen Dimension heraus materialisiert.«

Dr. Cooper führte diesen Gedanken weiter. »Also ist es vielleicht eine Illusion, eine Art holographisches Phänomen …«

Lila presste ihr Ohr gegen die rote Oberfläche, als ob sie erwartete, ein Geräusch zu hören. Als würde man in der Menschenmasse ein bekanntes Gesicht entdecken oder als würden man den Heimweg findet, nachdem man sich verirrt hatte – das waren die Gefühle, die der Stein in ihr wachrief.

Dr. Henderson wurde sarkastisch. »Oder vielleicht wurde er von Außerirdischen hier aufgestellt. Nun machen Sie mal halblang.«

Dr. Cooper musste lachen, auch wenn er dies nur tat, um seiner Frustration Luft zu machen. »Ich glaube, wir sollten besser noch ein paar Daten sammeln, bevor wir irgendwelche weiteren Theorien aufstellen.«

»Vielleicht hat ihn Gott dort hingestellt!«, sagte Lila, ihr Gesicht immer noch an den Stein gepresst.

Jennifer Henderson rümpfte darüber nur die Nase, aber Dr. Cooper und Jay sahen sie an.

»Wie kommst du darauf, Lila?«, fragte ihr Vater.

Sie zögerte mit der Antwort und meinte dann schließlich: »Es fühlt sich einfach nur so an, als ob Gott ihn dort hingestellt hätte.«

»Also«, lachte Dr. Henderson, »die Erklärung ist auch nicht besser als das, was ich bisher gehört habe!«

Lila löste sich von dem Stein und starrte sie an. »Kennen Sie irgendeinen anderen, der aus dem Nichts etwas erschaffen kann, über Nacht?«

Dr. Henderson hatte Argumente parat. »Junge Dame, dieses Objekt wurde nicht aus dem Nichts geschaffen! Es besteht aus Basalt und Kieselerde, genau dem Gestein, auf dem du stehst! Hier, sieh nur.« Sie nahm eine kleine Spitzhacke von ihrem Gürtel und schlug gegen die Oberfläche, um eine Probe herauszubrechen.

Das Werkzeug aus Stahl prallte mit einem metallischen Klingen ab, ohne einen Kratzer zu hinterlassen. Ärgerlich schlug Dr. Henderson erneut auf die Oberfläche des Steins, aber mit demselben Ergebnis.

»Basalt?«, fragte Dr. Cooper mit hochgezogener Augenbraue.

»Warten wir ab, bis der Kernbohrer da ist«, antwortete Dr. Henderson gelassen und steckte den Pickel wieder in ihren Gürtel.

Jay war fasziniert und berührte den Stein. Er hielt seine Hand dagegen. »Und was, wenn ihn tatsächlich Gott dort hingestellt hat?«

Dr. Henderson senkte ihre Stimme, aber man hörte, dass sie ärgerlich war. »Na, dann hätten wir ja eine wunderschöne Geschichte für die Togwaner, nicht wahr? Sie sind abergläubisch. Sie greifen auf Religion und Spiritualismus zurück, um Dinge zu erklären, die sie nicht verstehen. Wir sollten ihnen sagen, dass Gott ihn dort hingestellt hat und dann könnten wir alle ein wenig eher wieder nach Hause fahren!«

Dr. Cooper versuchte, sie zu beruhigen. »Dr. Henderson, der Glaube an Gott schließt wissenschaftliche Methoden und Untersuchungen nicht aus. Das hat niemand behauptet.«

»Aber wissenschaftliche Untersuchungen schließen auch Gott nicht aus«, flocht Lila an.

An diesem Punkt unterbrach Mobutu das Gespräch, auch er war ärgerlich. »Meine Herrschaften, Sie wurden nicht engagiert, um über Religion zu diskutieren! Sie wurden engagiert, um zu erklären, warum dieser Stein hier ist, und um eine Möglichkeit zu finden, wie man ihn entfernen kann!«

»Wir haben alle Theorien betrachtet«, informierte ihn Dr. Cooper.

»Also lassen Sie uns jetzt mit den wissenschaftlichen Untersuchungen fortfahren«, sagte Dr. Henderson, wobei sie das Wort »wissenschaftlich« betonte, um noch ein wenig Salz in die Wunde zu streuen.

»Schon gut, schon gut.« Jay hatte eine andere Möglichkeit parat. »Wenn er wirklich von Menschen gemacht wurde, muss er einem Zweck dienen. Ich wette, im Inneren gibt es Räume und Gänge, vielleicht Grabkammern wie in den ägyptischen Pyramiden. Wenn wir in diese Räume hineinkämen, würden wir mehr erfahren.«

»Die seismische Ausrüstung wird uns zeigen, ob es im Inneren Aushöhlungen gibt«, pflichtete ihm Dr. Cooper bei.

Dr. Henderson seufzte frustriert. »Um sie benutzen zu können, müssen wir nach oben.«

Alle blickten auf die vertikale, glatte, rote Wand vor ihnen. Klettern war völlig unmöglich.

»Mr. Mobutu«, meinte Dr. Cooper schließlich, »wie steht es mit dem Flugzeug?«

4

Am folgenden Tag zeigte Mobutu den Coopers und Dr. Henderson eine einmotorige Cessna Hochdecker, die anscheinend zu Idi Nkromos privater Luftflotte gehörte. Sie war groß genug, um vier Personen und eine begrenzte Menge an Werkzeug zu befördern. Mr. Mobutu, der Angst vor dem Stein hatte, fürchtete sich sogar noch mehr vor dem Fliegen, und bot deshalb freundlicherweise an, dass er zurückbleiben könne.

Jay und Lila kletterten auf den Rücksitz und schnallten sich an. Dr. Cooper setzte sich auf den Platz des Piloten und Dr. Henderson nahm den Sitz zu seiner Rechten.

Mobutu kam zum Pilotenfenster und streckte seine Hand herein. »Möge Gott Ihnen eine sichere Reise schenken«, sagte er leise.

Dr. Cooper lächelte und nahm Mobutus Hand. »Bis bald.«

Innerhalb weniger Minuten flogen sie über die Wüste in Richtung auf den Stein. Aus der Luft sah er so groß wie ein Gebirge aus und er war immer noch höher als sie.

Dr. Cooper beobachtete den Höhenmesser. »Nun denn, Jay, jetzt werden wir sehen, wie genau deine Berechnungen waren. Wir klettern gerade über die 5 000-Fuß-Marke. Wenn du Recht hast, werden wir noch weitere fünf- oder sechstausend Fuß benötigen, um über dieses Ding zu fliegen.«

Bald füllte der Stein den Horizont aus. Er erhob sich über die Wüste wie ein fehlplazierter, rechteckiger Wolkenkratzer. Dr. Cooper flog eine leichte Linkskurve, so dass sie um das südliche Ende herumfliegen könnten. Das Flugzeug war auf 9 000 Fuß gestiegen und sie befanden sich immer noch unterhalb des Gipfels.

»Seht euch das an«, sagte Dr. Cooper und wies nach unten. »Auf beiden Seiten des Steins zerklüftete Felsen.

Dadurch ist es beinahe unmöglich, um ihn herumzufahren und die einzige Straße durch die Wüste führt direkt unter ihm hindurch! Die Hälfte von Nkromos Land ist auf der anderen Seite!«

»Außerhalb seiner Reichweite«, meinte Dr. Henderson.

»Genau. Wenn er diesen Teil des Landes nicht erreichen kann, hat er keine Kontrolle über die Menschen, die dort leben. Kein Wunder, dass er sich so aufregt!«

Das Flugzeug stieg weiter hinauf, während es südwärts flog. Bei 9 800 Fuß sahen alle auf der rechten Seite aus den Fenstern. Da der Wüstenboden etwa 1 500 Fuß über dem Meeresspiegel lag, mussten sie nach weiteren 1 000 Fuß die geschätzte Höhe des Steins erreichen. Bald würden sie seine Spitze sehen.

10 000 Fuß. Der Stein sah immer noch vollkommen eben aus. Dann umrundete das Flugzeug die südliche Ecke und zum ersten Mal konnten sie eine andere Seite sehen.

»Unglaublich!«, rief Dr. Henderson aus.

Jay und Lila hatten sich beide dicht an das Fenster gebeugt und starrten staunend die Südseite des Steins an. Auch sie war vollkommen eben, vollkommen glatt. Sie traf in einem Winkel von genau neunzig Grad auf die östliche Seite.

»Er ist wie eine große Schachtel geformt!«, rief Jay aus und machte ein paar Bilder.

10 900 Fuß. Sie konnten die obere Seite sehen.

»Das ist unmöglich!«, entgegnete Dr. Henderson. »Das ist absolut unmöglich!«

»Es ist keine Schachtel«, sagte Lila. »Es ist ein riesiger Quader!«

Dr. Cooper konnte nicht hinsehen. Er musste sich voll und ganz darauf konzentrieren, das Flugzeug zu fliegen und die Augen auf den Instrumenten zu halten. Er stieg weiter auf 11 000 Fuß. Und jetzt lag es unter ihnen, fest und unbeweglich auf dem Wüstenboden: ein riesiges, rechteckiges Objekt von der Größe eines Berges, mit zwei langen und zwei kurzen Seiten und einer ebenen Oberfläche. Es hatte auf allen Seiten die gleiche Farbe.

Sie flogen in einem Bogen weiter zur Westseite. Die westliche Oberfläche sah genauso aus wie die östliche. Es war derselbe glatte, rote Stein, ohne irgendwelche Vorsprünge oder Besonderheiten.

»Ah ja«, sagte Dr. Henderson, die durch das Fernglas blickte. »Ich sehe die Wüstenstraße auf der anderen Seite unter dem Stein hervorkommen.«

Sie blickten alle dorthin und Jay machte ein paar weitere Aufnahmen. Tatsächlich, da war sie und wand sich durch noch mehr Wüste, dann durch grasbewachsene Steppe und verschwand schließlich in ein paar zerklüfteten, bewaldeten Hügeln im Westen.

Lila sah durch ihr Fernglas und entdeckte etwas. »He, ich glaube, ich sehe da unten ein Dorf!«

»Wo?«, fragte Dr. Henderson und richtete ihr Fernglas nach unten.

»Äh … etwa eine Meile von der nordwestlichen Ecke, auf der anderen Seite der Steppe, wo der Wald beginnt.«

»Ich hab's. Oh, es ist ein großes Dorf. Mindestens … sechzig Gebäude.«

»Die Motosas«, sagte Dr. Cooper.

»Genau.«

»Sie haben da unten ein paar Felder, die sie bearbeiten«, berichtete Lila.

»Wilde, die Ackerbau treiben?«, wunderte sich Jay.

Dr. Cooper betrachtete lange und eingehend die Oberfläche des Steins. Sie war zwar leicht mit Eis bedeckt, schien aber dennoch eben genug für eine Landung zu sein. »Also, ich meine, wenn wir schon so hoch sind, sollten wir die Oberseite untersuchen.«

»In Ordnung!«, pflichtete ihm Jay bei.

Lila dachte daran, dass die eisige flache Oberfläche des Steins mit einer sehr scharfen, geraden Kante endete und dass es an den Seiten beinahe zwei Meilen nach unten ging. »Meinst du wirklich?«

Dr. Cooper nahm langsam das Gas weg. Das Brummen der Maschine wurde tiefer und das Flugzeug begann zu sinken. »Kontrolliert bitte alle eure Sicherheitsgurte. Wir werden ein wenig zu hoch anfliegen und einmal über den Stein hinwegfliegen, um ein Gefühl für den Wind zu bekommen. Wenn es gut geht, werden wir landen.«

Er flog eine sanfte Kurve, wobei er die flache, rechteckige Oberfläche des Steins im Rückspiegel behielt. Bisher war die Luft so ruhig gewesen wie die Oberfläche des Steins.

»Oooh!«, schrie Dr. Henderson auf, als das Flugzeug auf einmal ruckartig wie ein Fahrstuhl nach oben ging.

»Aufwinde«, entgegnete Dr. Cooper sachlich. »Der Stein heizt die Luft um sich herum auf. Die Luft steigt nach oben und wir befinden uns mittendrin. Diese Landung könnte doch ein wenig sportlich werden.«

Er nahm das Gas bis zum Leerlauf zurück, als sie über die gerade, scharfe Kante des Steins flogen. Plötzlich waren sie nicht mehr 10 000 Fuß über dem Boden; die Oberfläche des Steins war nur wenige hundert Fuß unter ihnen, flach und glatt wie die Platte eines riesigen Tisches und leicht mit Schnee bedeckt, der aussah wie Puderzucker. Das Flugzeug bockte ein wenig, schlingerte und legte sich in den Turbulenzen schräg.

Dr. Henderson zog ihren Sicherheitsgurt so eng wie möglich. »Ich hoffe, Sie wissen, was Sie tun!«

»Ach, für Dad ist das gar nichts«, meinte Jay.

Das Flugzeug befand sich jetzt weniger als einhundert Fuß über der Oberfläche. Sie konnten sehen, wie Wölkchen von Pulverschnee in spitzenartigen Formationen über die

Oberfläche wirbelten, was Dr. Cooper half, die Windrichtung zu bestimmen.

»Man könnte sich keine breitere Landebahn wünschen«, stellte er fachmännisch fest, als er die Landeklappen leicht ausfuhr.

Jay und Lila blickten hinunter. Der Schatten des Flugzeugs wurde größer und größer und kam immer näher. Dann hatte er sie erreicht und die Reifen quietschten auf dem Stein und dem Eis. Dr. Henderson warf ihren Kopf zurück und begann, wieder zu atmen.

»Okay«, sagte Dr. Cooper, während das Flugzeug langsam zum Stillstand kam und die Reifen ein wenig auf dem pudrigen Eis rutschten. »Wir sollten unsere Arbeit erledigen und zusehen, dass wir von diesem Ding wieder herunterkommen, bevor der Wind stärker wird.«

»Wir werden die Sensoren für das seismische Experiment aufstellen«, erklärte Dr. Henderson. »Sie sind dort in der Holzkiste, da hinten.«

Als sie auf die vollkommen ebene Fläche hinaustraten, hatten sie das Gefühl, einen anderen Planeten zu betreten. Keine Wüste, kein ausgetrocknetes Flussbett, kein anderer Ort auf der Erde war wie diese vollkommen ebene Fläche, die sich nach allen Seiten mehrere Kilometer weit ausdehnte. Und sie hatten auch noch nie so etwas wie die spitzenartigen Wölkchen von Schnee und Eis gesehen, die so fein wie Puder waren und gleichmäßig, zahllos und gespenstisch nur wenige Zentimeter über der Oberfläche des Stein dahintrieben. Die Bewegung der pudrigen Eis- und Schneewölkchen war so gleichmäßig, so konstant, dass die Coopers und Dr. Henderson den Eindruck hatten, dass sie sich bewegten und nicht die Wölkchen. Es war unheimlich, unnatürlich und gespenstisch. Und keiner von ihnen hatte vergessen, dass sie jetzt auf dem Rücken des »schlafenden Löwen« herumgingen.

Die Seismofone waren kleine Sender, etwa so groß wie eine Hand, die dazu dienten, Vibrationen im Untergrund wahrzunehmen und in elektronische Signale umzuwandeln. Jay trug die Holzkiste und Lila legte die Sender aus. Sie gingen in einem großen Kreis um das Flugzeug herum, so, wie es ihnen Dr. Henderson anwies. Beide trugen dicke und viel zu große Jacken, die sie von der togwanischen Armee geliehen hatten, denn hier oben, in einer Höhe von beinahe 11 000 Meilen, war die Luft viel kühler. Und sie war auch dünner. Wenn man nur ein kleines Stück gelaufen war, musste man schon nach Luft schnappen.

Von dort aus, wo sie jetzt standen, sah das Flugzeug winzig und eigenartig aus, wie eine Mücke oder ein Staubkörnchen auf einer Tischplatte. Hinter dem Flugzeug lagen noch etwa sechs Kilometer der absolut geraden, flachen Oberfläche. Der Anblick schien den menschlichen Sinnen zu widersprechen, weil es sonst nirgendwo auf dem Planeten etwas Derartiges gab. Selbst der Ozean hatte an sehr ruhigen Tagen aufgrund der Erdkrümmung einen endlosen Horizont. Aber der Stein krümmte sich nicht und verschwand auch nicht außer Sichtweite – er hörte einfach an einer scharfen, geraden Kante auf, die man auf allen Seiten sehen konnte. Jay war begeistert von dem Gedanken, bis zum Rand zu wandern und über 3 Kilometer geradewegs nach unten zu sehen. Aber er wusste, dass sie eine Aufgabe erledigen mussten und nur wenig Zeit hatten.

Bumm! Dr. Hendersons seismisches Sprenggerät ähnelte einer kleinen Kanone in einem Stahlrahmen, die auf den Boden gerichtet war. Als Jay den Zündknopf drückte, um die Sprengladung zu zünden, hüpfte das Gerät mit Jay und Lila in die Luft – eigentlich standen sie darauf, um es unten zu halten. Dr. Jennifer Henderson saß ruhig im Schatten einer Flugzeug-Tragfläche. Sie hatte den Kragen ihrer Jacke hochgeklappt, um ihr Gesicht vor dem kalten Wind zu schützen, und tippte auf ihrem Laptop herum.

»Wir sollten in ein paar Sekunden ein Bild bekommen«, sagte sie zu Dr. Cooper, der ihr über die Schulter schaute. »Das Sprenggerät jagt Druckwellen durch den Stein und die Seismofone nehmen die Echos auf. Dann wertet der Computer diese aus und zeigt uns, wo die Druckwellen gewesen sind, ob sie durch Räume oder Tunnel oder verschiedene Gesteinsschichten gelaufen sind ...«

Der winzige Cursor lief auf dem Computerbildschirm hin und her. Er begann ganz oben und webte das Bild Zeile um Zeile wie einen Wandteppich. Bisher war das Bild ein durchgehendes schwarzes Feld. Dr. Henderson begann, einige Tasten zu drücken. »Komm schon, komm schon ... enttäusche mich nicht.«

»Mann!«, rief Jay, als er zusammen mit Lila zum Flugzeug zurücklief. »Das war vielleicht ein Ritt auf dem Sprenggerät!«

Lila steckte einen Finger ins Ohr. »Das Ding hat einem in den Ohren weh getan!«

Sie stellten sich zu Dr. Cooper und schauten über Dr. Hendersons Schulter auf den Computerbildschirm. Dort entstand weiterhin ein rein schwarzer Wandteppich. Dr. Henderson murmelte vor sich hin, drückte ein paar weitere Tasten und schimpfte mit dem Computer: »Komm schon, das will ich nicht sehen!«

Schließlich war das seismische Bild fertig. Dr. Henderson lehnte sich zurück, nahm ihre Hände von der Tastatur und seufzte: »Leute, falls dieses Gerät nicht kaputt ist, fürchte ich, die Ergebnisse sind enttäuschend. Der Stein ist massiv. Keine Räume, keine Tunnel, nichts.«

»Nichts?«, fragte Jay. Er war eindeutig enttäuscht.

Dr. Henderson schüttelte den Kopf und wies mit dem Finger auf den Bildschirm. »Siehst du das? Von oben bis unten gibt es so gut wie keine Veränderung in der Dichte. Keine Risse. Keine Löcher. Keine Spalten oder Luftblasen. Nichts.«

»Wir sind also nicht viel weitergekommen«, sagte Dr. Cooper.

»Vielleicht sind wir sogar ein wenig zurückgefallen. Wir wissen nicht einmal, woraus der Stein gemacht ist.«

»Aber Sie sagten doch, er sei aus Basalt«, meinte Lila.

Dr. Henderson warf einen Blick auf den gasbetriebenen Kernbohrer, der neben dem Fahrwerk des Flugzeugs lag. Der Bohrer war verbrannt und stumpf. »Während ihr die Seismofone ausgelegt habt, habe ich versucht, mit dem Kernbohrer eine Gesteinsprobe zu entnehmen. Der Bohrer hat nicht einmal einen Kratzer auf dem Stein gemacht. Wenn ich hier wissenschaftlich und objektiv bin, muss ich zugeben, dass ich nicht weiß, was dieses Ding hier ist oder woraus es gemacht ist. Ich weiß nur, dass man es nicht zerstören kann.«

»Glauben Sie immer noch, dass es von Menschen gemacht wurde?«, fragte Dr. Cooper.

Jennifer Henderson verzog ihr Gesicht zu einem höhnischen leisen Lachen. »Ich frage mich, was für einen Meißel der Erbauer benutzt hat. Obwohl er oder es oder sie Spuren hinterlassen haben, bin ich dazu wahrlich nicht in der Lage.«

Lila drehte ihren Rücken einer kalten Brise zu, die jetzt aufkam. »Das wird Seiner Exzellenz gar nicht gefallen.«

»Es ist nur eine Frage, aber – jetzt, wo wir das Flugzeug haben, können wir da nicht einfach von hier aus dem Land fliegen?«, fragte Dr. Henderson.

Dr. Cooper blickte über die weite, tischähnliche Oberfläche zum fernen Horizont, der hinter den scharfen Kanten des Steins kaum sichtbar war. »Ja, wir können. Ich bin mir nur nicht sicher, wie viel Benzin wir noch haben.«

»Ich wäre schon zufrieden, wenn es genug wäre, um Togwana zu verlassen.«

»Aber die Frage ist: Wohin können wir gehen? Wenn uns eines der Nachbarländer bei der Flucht helfen würde, bestünde die Gefahr, dass Nkromo das als feindselige Handlung ansehen und die Konsequenzen ziehen würde. Ich bin nicht sicher, ob sie das so gern hätten.«

»Nun«, sagte Lila, »zumindest sind wir hier oben sicher.«

Als wolle es ihre Worte widerlegen, drang plötzlich ein beunruhigendes Beben von unten durch ihre Schuhsohlen.

»Ich wusste es«, stöhnte Dr. Henderson.

Der Stein bebte, und zwar ziemlich heftig. Dr. Hendersons Laptop wäre beinahe von seinem kleinen Ständer gerutscht, wenn sie ihn nicht gerade noch aufgefangen hätte. Das Flugzeug begann zu wackeln. Seine Tragflächen senkten und hoben sich wie wild. Von tief unter ihnen und überall um sie herum kam ein tiefes Rumpeln wie ein ständiger Donner und eine Windböe peitschte über den Stein und wirbelte winzige Eisstückchen auf, die ihnen in die Haut stachen.

Dr. Henderson warf bereits ihre Geräte ins Flugzeug. »Weg von hier, los, schnell!«

Dr. Cooper blickte nach Osten und sah eine Wand aus Schnee, Eis und Wolken, die auf sie zukam. »Das schöne Wetter ist vorbei. Wir sollten lieber schnell runter von diesem Ding!«

Lila blickte in dieselbe Richtung wie ihr Vater und sah den Sturm herankommen. Trotzdem beharrte sie: »Aber wir sind hier sicher, wirklich!«

Dr. Cooper zog sie einfach zum Flugzeug. »Jay, nimm die Bremsklötze unter den Rädern weg!«

Dr. Henderson begann, zu den Apparaturen zu laufen, doch er hielt sie fest.

»Ich muss das Sprenggerät holen!«, versuchte sie das Donnern und den Wind zu übertönen. »Und den Bohrer und all die Seismofone –«

»Und was ist mit dem Flugzeug?«, schrie Dr. Cooper zurück. »Wenn es beschädigt wird, kommen wir hier nie mehr runter!«

Der Stein torkelte wie ein bockendes Pferd. Das Flugzeug hüpfte tatsächlich gut einen Meter rückwärts und die Coopers fielen zu Boden. Der Wind begann, wütend auf sie einzupeitschen.

Das reichte, um Dr. Henderson zu überzeugen. Mit einem ängstlichen Aufschrei kämpfte sie sich wieder auf, zerrte die Tür auf und kletterte hinein.

Jay und Lila sprangen nach hinten, Dr. Cooper auf den Vordersitz. Als er die Checkliste herunterratterte und seine Finger von einem Knopf zum Messinstrument und dann zum Schalter eilten, tanzte das Flugzeug immer noch gemeinsam mit dem bebenden Boden hin und her. »Beide Treibstofftanks, Elektronik aus, Unterbrecher ein, Propeller auf Maximum, Vergaserheizung kalt …«

Er drehte den Starterknopf und die Maschine erwachte zum Leben. Der Propeller drehte sich wie eine verzerrte Scheibe vor der Windschutzscheibe.

Eine Windböe, vermischt mit Schnee und Eis, traf sie voll an der rechten Seite. Das Flugzeug drehte sich wie eine Wetterfahne, das hintere Ende bewegte sich heftig nach links.

»Okay, jetzt haben wir die Nase im Wind«, sagte Dr. Cooper und riss den Gashebel voll auf.

Das Flugzeug schoss nach vorn und weiße Schnee- und Eiswirbel wehten an ihnen vorbei wie Laken im Wind. Die alte Cessna bockte, schleuderte, brach aus und neigte sich zur Seite, als der Wind sie hin und her warf und sie mal von dieser und mal von jener Seite traf. Sie wurde schneller, begann, sich immer wieder vom Boden zu erheben, erst nur leicht, dann in Sprüngen. Dr. Cooper zog langsam den Steuerknüppel zurück und sie hob ab.

»Sind wir in Sicherheit?«, fragte Dr. Henderson flehend.

Eine wütende Windböe traf einen der Flügel von unten und warf das Flugzeug beinahe auf den Kopf. »Noch nicht«, rief Dr. Cooper und versuchte, das Flugzeug gerade zu halten.

Es sah aus, als ob sich unter ihnen die scharfe Kante des Steins drehte und nach allen Seiten neigte, während das Flugzeug vom Wind wie ein Blatt hin und her geworfen wurde. Die Cessna dröhnte und rang um Höhe. Eine weitere Windböe trug sie seitwärts weg.

»Dad, was ist das?«, fragte Jay. »Was geht da vor?«

»Durch Wärme erzeugte Aufwinde«, schrie er über das Dröhnen der Maschine hinweg. »Konvergenz, Konvektion, Windscherung, ich weiß es nicht – der Stein beeinflusst das Wetter.«

Das Flugzeug taumelte zur Seite, drehte sich, legte sich schief und knarrte in allen Nähten. Unter ihnen kochte eine Eis- und Schneewolke wie ein wütender weißer Ozean. Dr. Cooper drehte das Flugzeug nach Osten und versuchte, über den Sturm zu steigen. Die östliche Kante des Steins kam nicht näher. Der Wind war so stark, dass sie stillstanden!

Dann begann sich die Kante des Steins von ihnen wegzubewegen. Der Wind trieb sie rückwärts!

»Das darf doch nicht wahr sein«, rief Dr. Cooper aufgeregt.

»Was?«, schrie Dr. Henderson.

»Wir können uns auf einen heftigen Flug gefasst machen. Halten Sie durch.«

»Können Sie nichts dagegen unternehmen?«

»Wenn ich versuche, gegen diese Turbulenzen anzukämpfen, wird das Flugzeug zerbrechen! Wir müssen einfach versuchen, es irgendwie zu überstehen!«

Er nahm das Gas zurück, damit das Flugzeug langsamer wurde, und drehte es dann westwärts, um mit dem Wind zu fliegen und von dem Stein wegzukommen. Der Stein war jetzt unter einem zornigen Mantel aus Sturmwolken versteckt, aber sie konnten sehen, wie die Wolken über seine westliche Kante brachen wie Wasser, das einen Wasserfall hinunterfließt.

»Windscherung«, erklärte Dr. Cooper.

»Oh nein«, jammerte Dr. Henderson.

Plötzlich schienen die Wolken sie in die Tiefe zu ziehen und sie fielen hinunter in eine Welt aus schneeweißer Watte, die sie von allen Seiten umgab. Es gab kein Oben und kein Unten mehr und sie verloren jegliche Orientierung.

Der Höhenmesser drehte sich rückwärts und sie spürten, wie der Luftdruck auf ihre Ohren zunahm. 11 000 zeigte der Höhenmesser. 10 000 … 9 000.

Sie waren in einem heftigen Abwärtssog gefangen und wurden in den Wolken hilflos herumgeworfen.

8 000 … 7 000 … 6 000.

Und sie konnten nichts tun – nichts, außer beten.

5

Dr. Cooper hatte nur eine Möglichkeit: Er musste das Flugzeug fliegen – es einfach unter Kontrolle behalten, in der Luft halten. Das Flugzeug wurde kreuz und quer über den Himmel geschleudert. Sie stützten sich an den Kabinenwänden, den Sitzen, dem Boden und aneinander ab, während das Flugzeug weiter abwärts stürzte. Wolken peitschten an der Windschutzscheibe vorbei und das Flugzeug erbebte bei jedem neuen Windstoß. Jacob Cooper hielt den Steuerknüppel und den Schubhebel mit eisernem Griff fest, beobachtete Geschwindigkeits- und Höhenmesser und machte keine plötzlichen Manöver.

Sie wussten, dass irgendwo da draußen in all diesen wirbelnden Wolken der Stein sein mußte, aber wie dicht war er? Bei einem Zusammenstoß hätten sie keine Chance.

»Lieber Jesus«, betete Lila laut, »wir sind in deiner Hand.«

Plötzlich brach Licht durch die Fenster. Sie fielen aus den Wolken in klare Luft.

»Ja!«, rief Jay.

Sie konnten den Boden sehen, der ihnen schrecklich nah war. Aber der Höhenmesser sank nicht mehr. Der heftige Fallwind traf auf den Boden, drehte seitwärts ab und wurde zu einem starken Wind.

Aber wo war der Stein? Alle drehten ihre Köpfe nach rechts und links und versuchten, ihn zu finden.

»Da ist er!«, rief Jay. »Neun Uhr!«

Sie konnten in dem grauen nebligen Licht alle die riesige Wand sehen, die sich dunkel und unheimlich von der Erde in die Wolken hinein erhob. Sie schien mindestens eine Meile von ihnen entfernt zu sein und die gute Nachricht war, dass der Wind sie vom Stein wegtrug und nicht auf ihn zu.

Genau in dem Augenblick sahen sie, wie unter ihnen Grasdächer vorbeihuschten. Vieh. Menschen.

»Das Dorf der Motosas!«, sagte Jay. »Wir sind direkt darüber!«

Der Motor spuckte und stotterte. »Also«, rief Dr. Cooper und hantierte an den Knöpfen und der Zündung des Flugzeugs herum, »hat man da noch Töne!«

»Was ist?«, fragte Dr. Henderson.

»Der Motor macht's nicht mehr.«

»Was?!«

»Wahrscheinlich ist der Vergaser vereist oder die Benzinleitung ist kaputt. Haltet euch fest. Ich setze zur Landung an.«

Dr. Cooper drehte die Maschine in den Wind und flog auf einen Streifen ebener Erde zu. Der böige, unberechenbare Wind hob das Flugzeug hoch, ließ es dann wieder fallen und stieß es zur Seite. »Kontrolliert eure Sicherheitsgurte!«

Inzwischen hatten alle ihre Sicherheitsgurte so fest gezogen, dass es nicht mehr fester ging.

Plötzlich fiel der Wind und das Flugzeug mit ihm, und zwar so unvermittelt, dass sie es in ihren Mägen spürten. Die Wüste huschte ihnen entgegen, nur dreißig Fuß unter ihnen, dann zwanzig, dann zehn. Dr. Cooper kämpfte darum, das Flugzeug unter Kontrolle zu halten, während die Räder über Salbeibüsche, Gras und Steine rasten.

PENG! Der Wind knallte das Flugzeug auf den Boden. Die Räder prallten ab, das Flugzeug segelte wieder in der Luft, fiel dann wieder und die Räder gruben sich in den weichen Boden, wirbelten Staub auf und rissen Wurzeln aus. Dr. Cooper zog den Steuerknüppel zurück, um zu verhindern, dass sich das Flugzeug mit der Nase in den Boden bohrte, während es über die Erde schleuderte, bockte, hüpfte und polterte.

Aufprall! Das rechte Rad traf auf einen großen Felsen. Das Flugzeug drehte sich im Kreis und neigte sich stark zur Seite. Der rechte Flügel köpfte die Spitze eines Busches. Dann gab die Strebe des rechten Rads nach und das Flugzeug brach in einer Staubwolke auf dem Boden zusammen.

Und dann war es vorbei. Das Flugzeug lag mitten in der Wüste zwischen Steinen und dürrem gelben Gras. Es war jetzt ruhig und still. Eine der Streben war gebrochen und die Spitze der rechten Tragfläche ruhte auf dem Boden.

Jay und Lila entspannten sich, richteten sich auf und sahen sich um. Sie stießen einen hörbaren Seufzer der Erleichterung aus.

Dr. Henderson saß zusammengekauert auf ihrem Sitz, die Arme um ihren Kopf geschlungen. Erst nach einem langen, ununterbrochenen Augenblick der Stille und Ruhe löste sie langsam und vorsichtig ihre Umklammerung und hob den Kopf, um einen Blick zu riskieren.

Dr. Cooper umfasste immer noch mit einer Hand den Steuerknüppel, während er seine Checkliste zum Abschalten der Maschine durchging. Er legte Schalter um, drehte an Knöpfen und schob Regler. Innerhalb weniger Sekunden hatte er das Flugzeug gesichert. Dann lehnte er sich in seinem Sitz zurück, entspannte sich zum erstenmal nach einer Zeit des Schreckens, die ihm wie eine Ewigkeit erschienen war, und betete mit leiser Stimme: »Danke, Herr, für eine sichere Landung!«

»Danke, Herr«, schloß sich Lila an.

»Daaanke«, fiel auch Jay ein.

»Also, ihr könnt hier sitzen und beten, wenn ihr wollt«, meinte Dr. Henderson, »aber ich steige jetzt aus diesem Flugzeug aus!«

Sie lösten ihre Sicherheitsgurte und drängten sich aus den Türen. Dr. Henderson und Jay mussten sich bücken, weil sich die rechte Tragfläche herabneigte.

»Autsch!« Dr. Henderson fiel zu Boden, verzog ihr Gesicht vor Schmerz und legte ihre Hand auf ihr Knie.

Jay sprang zu ihr, gefolgt von Lila und Dr. Cooper. »Was ist?«

Jennifer Henderson hatte Schmerzen und war gleichzeitig wütend. »Ich habe mir mein Bein verletzt! Dr. Cooper, Sie haben nicht nur das Flugzeug kaputt gemacht, sondern auch noch mich!«

Dr. Cooper kniete sich neben sie und half ihr, ein Hosenbein hochzurollen. Ihr Knie begann, anzuschwellen. »Können Sie es bewegen?«

Sie lag mit schmerzverzerrtem Gesicht auf dem Rücken und versuchte es. Sie konnte es bewegen, hatte aber schreckliche Schmerzen.

Dr. Cooper untersuchte das Knie, während sie es bewegte. »Also, gebrochen ist nichts, aber Ihr Knie hat einen schlimmen Bluterguss.«

Dr. Henderson ließ ihren Kopf auf den weichen, sandigen Untergrund fallen und schüttelte ihn verzweifelt. »Warum musste mir das passieren? Warum ausgerechnet mir?«

»Aber Sie sind noch am Leben«, meinte Lila. »Und Sie sind in Sicherheit.«

Bumm, babbabumm, bubumm, bubumm bumm. Der Klang afrikanischer Trommeln wurde ihnen vom Wind zugetragen.

»Die Motosas«, sagte Jay. »Ihr Dorf muss ganz in der Nähe sein.«

Dr. Henderson warf Lila einen verzweifelten Blick zu. »Ich wünschte, ich könnte laufen.«

»Die Frage ist, wohin?«, sagte Dr. Cooper und sah sich die Gegend an. Die nackte Wüste ging in eine trockene, grasbewachsene Ebene über, in der hier und da ein einzelner Baum stand. Aber es war dennoch offenes Land und ihr verunglücktes Flugzeug musste kilometerweit zu sehen sein. »Ich nehme stark an, die Motosas wissen, dass wir hier sind. Diese Trommeln könnten ein Alarmsignal sein.«

»Nun, dann sollten wir meiner Meinung nach versuchen, auf die andere Seite zurückzukommen.«

»Das wäre schwierig, wenn nicht gar unmöglich. Der Stein blockiert die Straße und eine Kletterpartie über diese Berge, die sich auf beiden Seiten befinden, wäre wahrlich kein Kinderspiel, selbst wenn Sie nicht verletzt wären.«

Dr. Henderson versuchte aufzustehen. »Also, ich werde nicht hierbleiben, um irgendjemandem als Mittagessen zu dienen!«

»Können Sie überhaupt gehen?«, fragte Dr. Cooper und bot ihr seinen Arm an.

Sie belastete das Bein, zuckte vor Schmerz zusammen und wäre beinahe wieder hingefallen. »AUUTSCH … nein.«

Dr. Cooper half ihr, es sich auf dem Boden wieder bequem zu machen, tauchte dann unter der Tragfläche hindurch und suchte etwas in der Kabine.

»Ich werde das Funkgerät des Flugzeugs ausprobieren. Vielleicht können wir jemanden erreichen.«

Bumm bumm bubumm, waren die Trommeln wieder zu hören.

»Haben wir irgendwelche Waffen?«, fragte Dr. Henderson und richtete sich auf.

Jay und Lila sahen sich fragend an.

»Vielleicht ein paar Werkzeuge«, meinte Jay. »Einen Schraubenschlüssel, einen Schraubenzieher …«

»Steine«, schlug Lila vor.

Dr. Henderson lächelte trocken und sah zum Himmel auf. »Ich bin wirklich die glücklichste Frau auf Erden!«

Dr. Cooper versuchte mehrmals, über das Funkgerät jemanden zu erreichen, aber er erhielt keine Antwort. Schließlich steckte er das Mikrofon in die Halterung zurück und stellte das Funkgerät ab. »Es scheint so, als blockt der Stein unsere Signale ab.«

Der Sturm ließ allmählich nach und der Wind wurde schwächer. Die Wolkendecke riss auf und die Sonne war wieder zu sehen.

Bumm bumm babumm bumm. Die Trommeln erschollen lauter.

Dr. Cooper sah sich um. »Wir müssen einen Schutz finden, irgendeinen Platz, an dem wir uns verstecken können.«

»Dad!«, flüsterte Lila. »Ich glaube, ich habe etwas gesehen!«

Alle blickten in die Richtung, in die Lila zeigte. Im Norden war eine große Ebene mit Salbeibüschen und Steppengras und dahinter befand sich ein lichter, spärlicher Wald. Es war nichts Außergewöhnliches zu sehen und außer dem Gras, das sich mit dem Wind bewegte, schien sich nichts zu rühren.

»Ich sehe nichts«, sagte Jay leise.

»Da draußen ist jemand«, beharrte Lila.

Jetzt fiel ihnen zum ersten Mal auf, dass das Trommeln aufgehört hatte. Alles, was sie hörten, war das leise Wispern des Windes im trockenen Gras.

Aber bewegte sich das Gras wirklich nur im Wind?

Dr. Cooper war der erste, der ein Gesicht erkannte. Es war mit Lehm bemalt und mit Grashalmen getarnt, so dass es in dieser Umgebung nahezu unsichtbar war. Langsam und mit zunehmender Kühnheit erhob sich der Krieger aus seinem Versteck im hohen Gras. In einer Hand schwang er einen Speer, bereit, ihn bei der kleinsten falschen Bewegung zu schleudern.

Lila ging zu ihrem Vater und klammerte sich an ihn, während erneut ein Krieger erschien und dann ein weiterer, alle vom Kopf bis zu den Füßen so bemalt, dass sie aussahen wie die Grassteppe, so als wären sie aus Erde und Gras gemacht. Im Norden, dann im Westen und nun auch im Süden schienen weitere Krieger aus dem Boden zu wachsen. Sie erhoben sich wie Maiskolben in einer Zeitlupenaufnahme. Es war bemerkenswert, wie dicht sie herangekommen waren, ohne bemerkt zu werden.

»Sie sind sehr gut«, sagte Dr. Cooper.

Die Krieger traten jetzt aus dem Gras ins Freie. Sie bewegten sich verstohlen, katzenartig. Ihre Füße traten leicht und geräuschlos auf den Boden. Mit wurfbereiten Speeren bildeten sie präzise und diszipliniert einen Kreis um das Flugzeug und seine Insassen, wobei die Abstände zwischen ihnen so regelmäßig waren, als wären sie Pfosten in einem Zaun. Jacob Cooper zählte etwa dreißig Krieger. Sie waren nicht nackt, aber nur sehr spärlich bekleidet, und zwar für eine Jagd, die sie todernst meinten. Die Gesichter unter all dem Schlamm und der Grasmaskerade sahen grimmig aus.

Dr. Cooper hob sehr langsam seine Hand – er achtete darauf, dass sie sehen konnten, dass seine Hand leer war – und winkte dann leicht zum Gruß. »Hallo.«

Einige der Krieger, der direkt vor Dr. Cooper standen, sprachen schließlich, aber nicht mit ihm. Sie blickten auf das zerstörte Flugzeug, zeigten mit den Fingern darauf, murmelten miteinander und wurden sogar richtig aufgeregt. Sie riefen einigen anderen Kriegern etwas zu, woraufhin diese herbeieilten und alle dicht zusammengedrängt etwas besprachen. Die Neuigkeit breitete sich im ganzen Kreis aus und jetzt schien jeder von ihnen aufgeregt zu sein. Zwei Krieger liefen in das Gras zurück, augenscheinlich, um die Nachricht – was auch immer das sein mochte – im Dorf zu verkünden. Diejenigen, die zurückblieben, begannen, Dr. Cooper anzustarren, zeigten auf ihn und diskutierten miteinander.

»Ich bin Dr. Jacob Cooper –«

Achtundzwanzig Arme erhoben ihre Speere. Die Krieger waren von Dr. Cooper fasziniert, misstrauten ihm aber immer noch.

»Papa …«, flüsterte Jay und zeigte dann nach Norden.

Die beiden Boten kehrten zurück. Sie eilten mit der Anmut und Geschmeidigkeit einer Gazelle durch das Gras und hinter ihnen marschierten mit raschen, festen Schritten vier Männer und … ein Busch. Zumindest sah es aus der Ferne so aus: Irgendeine seltsame Pflanze mit Blättern, Gras und sogar ein paar kleinen Ästen erhob sich wie ein wandelndes Blumengesteck über dem Steppengras. An der Art, wie die Krieger verstummten und zur Seite traten, konnte man erkennen, dass sich eine sehr wichtige Person näherte.

Der »Busch« kam näher und sie konnten schließlich ein grimmiges, schwarzes Gesicht inmitten eines kunstvollen Kopfschmucks aus Fell und Laubwerk erkennen.

Dr. Henderson holte erstaunt Luft.

Lila starrte gemeinsam mit Dr. Henderson und flüsterte dann: »Dad, ist das Mr. Mobutu?«

Dr. Cooper beobachtete weiter, wie diese sehr wichtige Person näher kam. Auf den ersten Blick und aus der Ferne hatte der Mann eine bemerkenswerte Ähnlichkeit mit Nkromos Staatsminister, aber auf den zweiten Blick konnte man es leicht erkennen: »Nein, das ist nicht Mobutu. Ich glaube, dies ist der Häuptling des Stammes, der Mann, der unser Leben in seiner Hand hält.«

Der Häuptling trat entschlosssen in den Kreis, jeder seiner Schritte war voller Autorität und in seiner Hand hielt er einen kunstvoll geschnitzten Stab. Er wurde von vier Männern begleitet, die gewebte Tunikas mit kunstvollen Gürteln und Schärpen aus Gras und Rinde trugen – offenbar ihre Uniformen und die angemessene Bekleidung für die Diener des Stammeshäuptlings. Der Häuptling selbst trug außer dem hohen Kopfschmuck noch eine Brustplatte, die aus Knochen und Rinde gefertigt war, sowie eine atemberaubende Schärpe aus wunderschön verarbeitetem Leder, Ledersandalen, die bis zum Knie hinauf gebunden waren, und, als absolutes Zeichen seiner Macht und seines hohen Amtes, echte Joggingshorts, auf deren Bein klar und deutlich das Wort »Nike« geprägt war.

Sie versuchten, nicht darüber nachzudenken, was wohl mit dem früheren Besitzer geschehen war.

Dr. Cooper verneigte sich leicht und Jay und Lila folgten seinem Beispiel. Dr. Henderson, die immer noch am Boden saß, verneigte sich, so gut sie konnte.

Der Häuptling trat näher und betrachtete Dr. Cooper genau, wobei ihm seine Krieger Hinweise zuflüsterten und abwechselnd auf das Flugzeug und auf Dr. Cooper zeigten. Der Häuptling schien mit dem, was sie ihm sagten, übereinzustimmen und je mehr sie redeten, umso beunruhigter sah er aus. Schließlich sprach er Dr. Cooper an, zeigte auf ihn und gab in der Sprache der Motosas Anweisungen.

Seine Worte sagten ihnen natürlich gar nichts und die Coopers und Dr. Henderson blickten sich nur ratlos an.

Der Häuptling wurde ungeduldig, wiederholte seinen Befehl und wies auf Dr. Coopers Kopf. Dr. Cooper hob seine Hand und berührte seinen Hut. Der Häuptling nickte. Dr. Cooper nahm seinen Hut ab und hielt ihn in der Hand.

Der Kreis der Krieger schnappte hörbar nach Luft und der Häuptling schüttelte mit einem erstaunten Gesichtsausdruck seinen Kopf.

»Sie stehen im Rampenlicht«, sagte Dr. Henderson leise.

»Und wie genau sieht mein Auftritt aus?«, fragte Dr. Cooper.

»Englisch!«, rief der Häuptling aus. »Sie sprechen Englisch!«

Dr. Cooper hätte sich gern erleichtert gefühlt. War das ein gutes Zeichen? »Ähm … ja, das tun wir.«

»Wer sind Sie?«

»Dr. Jacob Cooper aus Amerika. Und dies sind meine Tochter Lila und mein Sohn Jay. Und dies ist Dr. Jennifer Henderson, ebenfalls aus Amerika.«

Der Häuptling lächelte breit und lachte dann freudig. Danach verkündete er seinen Kriegern mit lauter Stimme irgendetwas. Sie brachen in Jubelrufe aus, wedelten mit ihren Speeren in der Luft herum, lächelten, lachten, hüpften auf und ab.

Dr. Cooper lächelte sie nur an und sagte leise zu Dr. Henderson und den Kindern: »Also, irgendetwas, was wir getan haben, gefällt ihnen ganz offensichtlich.«

»Vielleicht haben sie nur gehört, was es heute Abend zu essen gibt«, flüsterte Dr. Henderson.

Dann fragte Dr. Cooper den Häuptling: »Sind Sie die Motosas?«

»Ja, ja!«, antwortete der Häuptling. »Motosas, ja!« Er trat vor, lächelte, war überaus erfreut. »Sie kommen! Kommen zu Dorf! Sie reden! Wir hören!«

Bevor die Coopers verstanden, was geschah, bildeten vier Männer mit ihren Armen einen Sitz und hoben Dr. Cooper wie einen Fußballhelden hoch. Vier andere taten dasselbe für Dr. Henderson, während jeweils zwei Männer Jay und Lila trugen. Der Häuptling führte die Parade mit einem majestätischen Wink seines Stabes an und die Krieger begannen zu singen und gingen über die grasbewachsene Ebene.

Es war ein seltsames Gefühl, von diesen jubelnden, schlammbemalten Wilden getragen zu werden. Jay und Lila versuchten, zu lächeln und erfreut zu tun, aber sie hatten Geschichten von Eingeborenenstämmen gehört, die sich große Mühe gaben, die Freundschaft anderer Menschen zu gewinnen, nur um sie später verraten und essen zu können. Dr. Cooper hatte dieselben Geschichten gehört und versuchte, sich zu erinnern, ob er sie von Brent Anderson gehört hatte, der in diesem Land gearbeitet hatte.

Die Parade ging weiter über eine sanft gewellte Grassteppe, durch hüfthohes Gras und vorbei an einzelnen, sehr alten Bäumen. Schließlich erblickten die Coopers am Rand eines Waldes die grasgedeckten Dächer des Dorfes. Der Pfad führte unter dem schützenden Blätterdach der Bäume hindurch und dann in die Dorfmitte. Die Hühner und Ziegen sprangen beiseite und Frauen und Kinder blieben stehen, um verwundert dieses Spektakel anzustarren.

Die Krieger riefen ihren Frauen etwas zu, wiesen auf die Coopers, ratterten eilige, aufgeregte Erklärungen herunter. Die Frauen bekamen große Augen und klatschten vor Staunen in die Hände, sprachen aufgeregt miteinander und riefen ihre Kinder. Die Hauptstraße des Dorfes belebte sich mit Männern, Frauen und Kindern, die sich versammelten, redeten und in die Hände klatschten, während sie der Parade folgten.

Die Coopers und Dr. Henderson ließen sich durch das Dorf tragen, betrachteten die gut gebauten Häuser, die aus mehreren Zimmer bestanden und aus Pfählen und Gras gebaut waren. Interessiert sahen sie sich auch die Wassertröge für die Tiere an, die aus ganzen Baumstämmen geschnitzt waren, sowie die einfallsreichen, handgewebten Gewänder und den komplizierten Schmuck aus Steinen, Knochen und Leder.

Die Hauptstraße führte zu einem großen, rechteckigen Dorfplatz, auf dem Hühner herumkratzten und Kinder bei einer Art Mannschaftssport einen pelzbezogenen, flaumigen Ball hin- und herschossen. In der Mitte des Platzes war ein Brunnen zu sehen, der von einer runden Steinmauer umgeben war. Über dem Brunnen befand sich ein Balken, von dem man einen Eimer herunterlassen konnte. Am anderen Ende des Platzes sah man ein großes, zeltähnliches Gebäude mit einem Grasdach, das jedoch keine Wände hatte. Dahinter kämpften Mais- und Getreidefelder darum, in dem trockenen Klima zu überleben.

Die Prozession trug die Coopers und Dr. Henderson direkt zu dem großen, zeltähnlichen Gebäude und zwei Musiker begannen, auf zwei großen Trommeln zu schlagen, um alle zusammenzurufen. Daraufhin kamen die restlichen Dorfbewohner von den Feldern, aus den Hütten und der trockenen Steppe dahinter zusammen. Sie schwatzten aufgeregt und neugierig miteinander.

Die Männer, die die Coopers trugen, setzten sie sanft ab. Die Männer, die Dr. Henderson trugen, brachten sie unter das große Dach. Der Häuptling streckte seinen großen, starken Arm hinein. »Bitte! Kommen! Wir sitzen! Wir hören!«

Die Coopers folgten dem Häuptling hinein, vorbei an Bankreihen aus Baumstämmen, die wie in einem Theater angeordnet waren, zu einem freien Bereich vor den Bänken, wo ein großer, flacher Stein als Ein-Mann-Bühne diente.

»Mann«, flüsterte Jay Lila zu, »wenn ich nicht wüsste, dass wir in einem primitiven afrikanischen Dorf sind, könnte man meinen, wir wären in einem der alten Erweckungszelte!«

Lila nickte und lächelte über die Ähnlichkeit. »Das muss ihre Versammlungshalle sein.«

Dr. Henderson saß bereits bequem auf einer Baumstammbank in der ersten Reihe und zuckte nur leicht zusammen, als ein grauhaariger Mann mit einer Knochenkette und einem Grasrock ihr Knie untersuchte, nickte und einem Assistenten oder Lehrling etwas zumurmelte, der nickte und zurückmurmelte. Offenbar war er der Medizinmann des Dorfes.

»Es ist schon gut, wirklich«, protestierte Dr. Henderson. »Es ist nicht nötig, dass Sie irgendwelche Zaubersprüche darüber sprechen, danke.«

Der Häuptling winkte den Coopers, neben die Steinbühne zu kommen, während die Menschen von überall zusammenkamen, die Bankreihen füllten, schwatzten und die Coopers staunend anstarrten.

Der Häuptling trat auf den Stein und hob seine Arme als Signal, das Reden einzustellen. Augenblicklich wurde es ruhig. Er sprach zu ihnen. Seine Stimme war so laut, dass er weder ein Mikrofon noch einen Lautsprecher benötigte. Und er schien die Fremden, die da standen und immer noch nicht wussten, was eigentlich geschah, vorzustellen.

Dann sah der Häuptling von seiner Steinbühne herunter und grinste Dr. Cooper an. Die Leute grinsten ebenfalls und kicherten hocherfreut. Der Häuptling wies auf Dr. Coopers Kopf, sagte laut einige weitere Sätze und dann, bevor Dr. Cooper sich wehren oder reagieren konnte, streckte er die Hand aus und rubbelte mit seinen Fingern heftig durch Dr. Coopers Haar. Danach trat er zurück und wies mit seiner ausgestreckten Hand auf Dr. Coopers verwuschelten Kopf, als wolle er sagen: »Seht, das ist es!«

Die Leute schienen zu verstehen, was er meinte. Sie standen auf, lachten, jubelten, zeigten, nickten, klatschten.

»Eine Rede, eine Rede!«, rief Jay und klatschte mit, was ihm einen tadelnden Knuff von Lila einbrachte.

Der Häuptling reichte Dr. Cooper seine große Hand und zog ihn auf den Stein hinauf. Die Menschen setzten sich und es wurde ruhig.

»Du sprechen«, sagte der Häuptling. »Wir hören, ja!«

Dann setzte sich der Häuptling auf die vorderste Bank und er und die anderen sahen Dr. Cooper erwartungsvoll an.

Dr. Cooper fühlte sich, als sei er splitternackt. Was in aller Welt erwarteten sie, von ihm zu hören? Was sollte er tun? Er fing einen Blick von Dr. Henderson auf. Sie sagte es nicht laut, aber ihre Augen drückten nur allzu deutlich aus, was sie dachte: »Doktor, also jetzt stehen Sie echt im Rampenlicht!«

Die Krieger, die sie an diesen Ort gebracht hatten, trugen immer noch ihre Speere und sahen ihn misstrauisch an.

Oh Mann, dachte er. Wenn sie die Rede, die ich jetzt halte, nicht mögen, enden wir womöglich alle als Coopersuppe!

Und immer noch warteten die Leute.

6

»Ähm …« Dr. Cooper räusperte sich und lächelte die Leute an. Er hoffte, dass ihnen das gefiele. »Ähm, ich grüße Sie im Namen meiner Kinder und meiner Kollegin, Dr. Henderson.«

Jay und Lila, die immer noch vor der Bühne standen, winkten ein wenig und hofften, dass das helfen würde, die Bedeutung von dem zu vermitteln, was ihr Vater sagte.

Der Häuptling stand auf und suchte jemanden. Schließlich entdeckte er den grauhaarigen Medizinmann, der Dr. Hendersons Knie untersucht hatte. Der Häuptling wies mit seinem Kopf auf Dr. Cooper und der Mann eilte herbei, sprang auf den Stein und reichte ihm die Hand. »Ich bin Bengati! Herzlich willkommen.«

Dr. Cooper war erleichtert, dass es noch jemanden in der Gruppe gab, der Englisch sprach. »Dr. Jacob Cooper. Sie sprechen also Englisch?«

»Mein Vater war Führer für weiße Jäger. Er lernte die Sprache und brachte sie mir bei. Ich habe den Häuptling und seine Familie unterrichtet, aber …« Er zuckte mit den Schultern. »Wenn man eine Sprache nicht sprechen muss, ist es schwer, sie zu behalten.«

Als erstes stellte Bengati der Menge Dr. Cooper vor. Dieser übernahm das Stichwort und stellte seine Kinder und Dr. Henderson vor und wieder übersetzte Bengati.

Der Häuptling sprach mehrere Sätze. Bengati übersetzte: »Unser Häuptling heißt Sie willkommen und sagt, die Leute hätten sich versammelt, um zu hören, was Sie ihnen zu sagen haben.«

Dr. Cooper vertraute ihm mit leiser Stimme an: »Ich weiß nicht genau, was von mir erwartet wird. Was soll ich sagen? Gibt es –«

Bevor er es verhindern konnte, übersetzte Bengati Dr. Coopers Worte, die eigentlich nur für ihn gemeint waren, für alle. Die Menschen sahen sich erstaunt an.

Dr. Cooper fügte rasch hinzu: »Aber, ähm, wir sind Wissenschaftler aus Amerika und sind hierher gekommen, um den großen, geheimnisvollen Stein zu untersuchen, der in der Wüste aufgetaucht ist.«

Die Menschen wurden still und ernst, als ihnen Bengati das Gesagte übersetzte, nickten mit den Köpfen und hingen mit ihren Augen an Dr. Cooper.

Der Häuptling stellte eine Frage.

»Der Häuptling und die Menschen wollen wissen: ›Was bedeutet der Stein?‹«, übersetzte Bengati.

»Was er bedeutet?« Auf diese Frage war Dr. Cooper nicht vorbereitet. »Ähm, na ja, wir sind uns nicht sicher, was er bedeutet. Wir sind gerade erst angekommen und hatten, wie Sie ja wissen, Probleme mit unserem Flugzeug. Wir wissen nicht einmal, woher der Stein gekommen ist oder wie er dorthin kam.«

Als Bengati diese Antwort übersetzte, konnten Jay und Lila sehen, dass sie den Menschen ganz und gar nicht gefiel. Der ehrfurchtsvolle und erwartungsvolle Gesichtsausdruck all dieser Menschen schlug im gleichen Augenblick in Enttäuschung um.

Auch der Häuptling war nicht sehr erfreut. Er feuerte eine weitere Frage ab und diesmal klang seine Stimme ein wenig strenger.

Bengati übersetzte: »Wissen Sie wirklich nicht, wie er dorthin kam?«

»Äh … nein, noch nicht.«

Der Häuptling stand auf. Er war ärgerlich, schüttelte den Kopf und winkte mit den Armen, als versuche er, dieses ganze Ereignis auszuradieren. Er brüllte der Menge einen Befehl zu und alle standen auf und begannen, wegzugehen.

»Die Versammlung ist vorbei«, erklärte Bengati den Coopers. »Sie haben die Fragen des Häuptlings nicht richtig beantwortet.«

»Sie hätten sich etwas ausdenken können«, murmelte Dr. Henderson.

Der Häuptling trat auf Dr. Cooper zu. Er schüttelte immer noch den Kopf und machte eine schlichte Feststellung.

Bengati übersetzte: »Haben Sie keine Augen im Kopf? Gott hat ihn dorthin getan.«

Lila stand vor Staunen der Mund offen. Sie warf Dr. Henderson einen triumphierenden Blick zu. Die Geologin lächelte nur höhnisch.

Der Häuptling sprach weiter und Bengati übersetzte. »Wir haben gehofft, Sie könnten uns lehren. Aber nun müssen wir Sie lehren.«

Der Häuptling gab seinen Kriegern ein paar kurze Befehle und stampfte aus dem Versammlungsgebäude. Er war ganz offensichtlich wütend und enttäuscht.

Die Krieger traten vor und umringten sie erneut, wobei sie Bengati aus dem Kreis schoben. Der oberste Krieger schüttelte seinen Speer und rief etwas. Dabei wies er auf das Dorf. Bengati rief ihnen durch die Menschenmenge hindurch zu: »Sie sollen jetzt mit diesen Männern gehen.«

Vier Krieger bildeten mit ihren Armen einen Sitz für Dr. Henderson und hoben sie hoch, aber für die Coopers gab es diesmal keine Sitze.

Sie mussten zu Fuß gehen – geleitet von den Speerspitzen.

»Na ja, unsere Beliebtheit hat anscheinend nachgelassen«, meinte Dr. Cooper trocken.

»Machen Sie sich nichts vor, Cooper, Sie haben es verpatzt«, entgegnete Dr. Henderson.

Sie verließen die Versammlungshalle, von allen Seiten eng umringt und von bewaffneten Kriegern geführt, und gingen über den Dorfplatz, während sich die Menschenmenge weiter zerstreute. Einige gingen zu ihren Hütten, andere zurück in die Felder und mehrere wanderten wieder in die offene Grassteppe hinaus, wo sie hinter einem sanften Hügel verschwanden. Der riesige Stein füllte den Horizont hinter ihnen aus.

»Was tun Kannibalen?«, fragte Lila. »Ich meine ... werfen sie einen einfach in einen großen Suppentopf, oder was?«

Dr. Cooper berührte sanft ihren Arm. »Lila, denk nicht an so etwas.«

Jay schnupperte. »He, das riecht wie Barbecue.«

»Na klar«, sagte Dr. Henderson. »Und ratet mal, wer der Hauptgang sein wird!«

Jacob Coopers Stimme war sehr bestimmt: »Dr. Henderson, ich wäre Ihnen dankbar, wenn Sie solche Ausbrüche unterließen!«

»Tut mir leid.« Man konnte hören, dass dies nicht der Fall war.

Man schien sie auf die Quelle dieses Geruchs zuzuführen. Sie folgten jetzt einem schmalen Pfad, der sich zwischen Grashütten und unter den schützenden Ästen alter Bäume hindurch dahinschlängelte. Als sie um die nächste Ecke kamen, starrten sie erstaunt auf das, was sie dort sahen. Am Ende des Pfades stand eine besondere Grashütte. Sie war in und um einen großen Baum gebaut, so dass das Holz, das das Dach der Hütte bildete, von den unteren Ästen des Baums herabhing.

»So was hast du noch nicht gesehen«, sagte Jay.

»Es ist wie bei Peter Pan!«, rief Lila. Sie war von dem Anblick völlig gefesselt. »Wo die verirrten Jungen wohnen!«

Die Krieger führten sie zur Eingangstür und blieben dort in Reih und Glied stehen. Jemand rief und der Stammeshäuptling, jetzt ohne seinen kunstvollen Kopfputz, trat aus seinem Haus und stand mit grimmigem Gesicht vor der Tür, die Hände in die Hüften gestemmt.

»Ben-ga-ti!«, rief er.

Bengati antwortete und kam vom hinteren Ende der Gruppe nach vorn gelaufen.

Der Häuptling wetterte ein paar Sätze, während Bengati zu ihm eilte, um zu übersetzen. »Der Häuptling lädt Sie ein, zum Abendessen seine Gäste zu sein.«

Die Coopers und Dr. Henderson sahen einander an. Was genau meinte er damit?

Die Krieger verneigten sich alle ein wenig, drehten sich um und gingen auf dem schmalen Pfad wieder ins Dorf. Nur Bengati und diejenigen, die Jennifer Henderson trugen, blieben zurück.

»Kommen«, sagte der Häuptling und winkte ihnen mit seinen großen Armen. »Du kommen. Kommen essen.«

Dr. Henderson ging als erste hinein – sie hatte keine andere Wahl, da die Krieger sie sanft durch die enge Tür bugsierten. Dr. Cooper, Jay und Lila folgten ihr. Ihre Augen suchten jeden Winkel nach Messern, Kriegern, die im Hinterhalt lagen, und irgendeinem Anzeichen von Gefahr ab.

In der Hütte des Häuptlings sahen sie, dass man bereits Essen vorbereitet hatte. Ein niedriger, grob behauener Tisch war wie für ein Bankett gedeckt worden. In der Mitte des Tisches, umgeben von sorgfältig angeordneten Früchten und Gemüsen, stand ein riesiges Spanferkel, das noch heiß und brutzelnd war, da es frisch vom Spieß genommen worden war.

Sie sollten zu Abend *essen* und nicht *gegessen werden*!

Ihre Erleichterung war ihnen so sehr anzusehen, dass der Häuptling durch Bengati fragte: »Geht es Ihnen gut? Stimmt irgendetwas mit dem Essen nicht?«

Dr. Cooper winkte ab, schüttelte mit dem Kopf und kicherte sogar leise vor Erleichterung. »Nein, nein, es ist alles wunderbar. Das Spanferkel ist ... ist ein wundervoller Anblick!«

»Sagenhaft!«, stimmte Dr. Henderson zu. Sie holte immer wieder tief Luft vor Erleichterung und hatte eine Hand auf ihr Herz gelegt.

Der Häuptling stellte seine Familie vor: eine schöne Frau mit tiefschwarzer Haut und einem glatten, schön geformten Gesicht – »Das ist Renyata«; einen gut aussehenden, athletischen Sohn, der nur etwas älter als Jay war – »Das ist mein Sohn Ontolo«; und eine schöne Tochter, etwa in Lilas Alter, mit langen, kunstvollen Zöpfen – »Das ist Beset.« Dann trommelte er auf seine Brust und verkündete stolz: »Und ich bin Gotono. Ich bin der Häuptling!«

Die Coopers und Dr. Henderson verneigten sich respektvoll zum Gruß, als sie jedem Mitglied von Häuptling Gotonos Familie die Hand schüttelten. Jay und Ontolo mochten sich auf den ersten Blick und tauschten sogar ein paar kleine Geschenke aus. Dann, auf die Einladung von Gotono und Renyata hin – und mit der Hilfe der vier Krieger, die Dr. Henderson trugen –, nahmen sie ihre Plätze am Tisch ein, wo sie auf bequem gewebten Strohmatten saßen. Der Häuptling streckte seine Hände über das Essen aus und sprach eine Art Segen und dann begannen sie zu essen. Sie fühlten sich wie beim Familienessen an einem Sonntagmittag.

Während sie aßen, sprach der Häuptling und Bengati übersetzte. »Ich bitte um Verzeihung, dass wir Sie in Verlegenheit gebracht haben. Sie waren nicht die Leute, die wir erwartet haben.« Bevor sie herausfinden konnten, was das bedeutete, fuhr der Häuptling bereits fort. »Aber jetzt sind Sie unsere Gäste und wir heißen Sie willkommen.«

»Vielen Dank«, entgegnete Dr. Cooper. »Und es tut uns Leid, dass wir Ihre Erwartungen nicht erfüllt haben.«

Bengati vermittelte diese Botschaft auf Motosa und der Häuptling lachte. »Sie sind also gekommen, um etwas über den Stein zu erfahren«, antwortete er durch Bengati. »Der Stein ist ein Werk unseres Gottes, aber er ist ein großes Geheimnis. Wir wissen nicht, was unser Gott damit beabsichtigt, dass er ihn dort hingetan hat. Wir wissen noch nicht, was er bedeutet. Deshalb haben wir Sie gefragt.«

Dr. Henderson wurde mutig. »Nun, wenn Sie nicht wissen, was der Stein bedeutet, woher können Sie dann so sicher sein, dass Ihr Gott ihn dorthin getan hat?«

Dr. Cooper spannte sich bei dieser Frage leicht an. Er befürchtete, dass sie als Beleidigung aufgefasst werden könnte. Aber der Häuptling nickte nur zustimmend und gab seine Antwort.

»Das ist eine berechtigte Frage«, übersetzte Bengati.

Der Häuptling streckte seine Hand aus und nahm einen langen, kunstvoll geschnitzten Stab von seinem Platz in der Ecke. Er hielt ihn hoch, damit jeder ihn sehen konnte, und fuhr mit seinen Fingern über die geschnitzten Tiere, Vögel und Bäume. Bengati übersetzte seine Worte: »Wenn Sie diesen Stab zufällig mitten in der Wüste fänden, würden Sie denken, dass ihn ein anderer Mensch dort zurückgelassen hat. Sie würden nicht denken, dass er ohne jeden Grund plötzlich erschien. Und warum denken Sie so? Weil jeder sehen kann, dass er von Menschenhand gemacht wurde. Er ist von der Hand eines Schöpfers geschnitzt. Mit dem Stein ist es genauso. Er ist kein gewöhnlicher Stein. Er ist von der Hand eines Künstlers gemacht, der Hand unseres Gottes.«

Dr. Cooper konnte Lilas Lächeln fühlen, noch bevor er sie ansah. Er lächelte zurück und blinzelte ihr zu.

Der Häuptling fuhr fort. »Unser Gott tut nichts ohne Grund und wir werden bald wissen, welchen Grund er hatte. Aber eines wissen wir: Der Stein wird uns Wasser für unsere Ernten bringen, so, wie er uns Sie gebracht hat. All dies sollte so geschehen.«

»Wasser für Ihre Ernten?«, wunderte sich Dr. Henderson laut.

Dr. Cooper fing ihren Blick auf und verstand, was sie meinte. »Klingt geologisch, nicht wahr?«

Dr. Henderson wandte sich an den Häuptling. »Sie sagen, der Stein wird Ihnen Wasser bringen. Wie?«

Der Häuptling war erfreut, diese Frage zu hören. »Der Tag neigt sich dem Ende zu. Morgen früh werden Sie es sehen.«

Nach dem Abendessen wurden die Coopers und Dr. Henderson zu einem großen Haus gebracht, das direkt am Dorfplatz stand. Wie die meisten anderen Hütten auch war es ein gut gebautes Gebäude aus Gras und Grassoden, Pfosten und Balken, das auf Steinsockeln ruhte und eine überdachte Veranda hatte. Die Besitzerin war eine ältere Frau mit einem runden, freundlichen Gesicht.

»Dies ist Jo-Jota«, erklärte Bengati. »Sie ist seit drei Jahren Witwe und Mutter von fünf Kindern, die inzwischen erwachsen sind. Sie hat Platz für Gäste und Sie können alle hier wohnen.«

»Oh, là, là!«, sagte Dr. Henderson, »Jo-Jotas Pension.«

»Sie können hier in unserem Dorf bleiben, während Sie versuchen, das Geheimnis des Steins zu erforschen«, sagte der Häuptling und Bengati übersetzte. Dann blickte er Dr. Henderson an. »Und wir werden uns um Sie kümmern, bis Ihr Bein geheilt ist.«

Sie schüttelte die Hand des Häuptlings und erwiderte: »Vielen Dank, Sir. Wir sind Ihnen zu Dank verpflichtet.«

Dr. Cooper nahm Jo-Jotas zum Gruß ausgestreckte Hand. »Wir sind Ihnen sehr dankbar für Ihre Gastfreundschaft.«

»Morgen«, kündigte der Häuptling an, »werden wir uns den Stein gemeinsam ansehen und Sie werden erfahren, wie uns der Stein Wasser bringen wird.«

Als im Dorf der Motosas der Morgen dämmerte, war es seltsam schummrig und bedeckt, so, als sei die Sonne zwar aufgegangen, aber doch wieder nicht wirklich. Als Lila auf Jo-Jotas Veranda trat, um sich zu strecken und die kühle Luft einzuatmen, traf sie dort auf ihren Vater und ihren Bruder, die bereits beobachteten, wie der Stein das Morgenlicht beeinflusste.

»Wir befinden uns noch im Schatten des Steins«, erklärte Jay.

»Die Wüste, das Grasland, das Dorf«, beobachtete Dr. Cooper, der erst nach Osten und dann nach Westen blickte, »und auch ein großer Teil des Waldes liegen im Schatten. Das Sonnenlicht wird erst gegen zehn Uhr über die Kante des Steins kommen.«

Jo-Jota brachte ihnen ein Frühstück, das aus Weizenkernen mit Rosinen bestand und sie an Müsli erinnerte. Dazu gab es Ziegenmilch. Sie hatten ihr Frühstück gerade beendet, als Häuptling Gotono, Bengati und vier Krieger eintrafen, die alle über das ganze Gesicht strahlten. Der Häuptling hatte sich selbst zu ihrem offiziellen Führer ernannt und war gekommen, um sie zu einer Dorfbesichtigung abzuholen.

Die Coopers gingen, während Jennifer Henderson stilvoll in einem besonderen Stuhl ritt, den vier Krieger trugen. Sie zierte sich ein wenig und warf ein, dass sie kein Krüppel sei, aber die Coopers merkten, dass es ihr eigentlich Spaß machte.

Während Häuptling Gotono wie ein professioneller Führer unentwegt redete, versuchte Bengati mühsam, mit dem Übersetzen Schritt zu halten. Der Häuptling wies auf einige neue Hütten, die in einem besonderen Projekt zur Vergrößerung des Dorfes für neue Schwiegersöhne und -töchter gebaut worden waren. Als nächstes zeigte er ihnen den kürzlich verbesserten Dorfbrunnen. Da die vergangenen Jahre sehr trocken gewesen waren, hatte man den Brunnen jetzt doppelt so tief gegraben wie vorher. Dann führte Gotono sie zum Schaf- und Ziegengatter, dessen tierische Bewohner wegen des knapper werdenden Weidelandes immer weniger wurden. Von dort gingen sie weiter, um sich das Spinn- und Webprojekt anzusehen, das das Dorf mit Kleidung, Decken und Tisch- und Bettwäsche sowie Unterwäsche versorgte. Als letztes zeigte ihnen der Häuptling die Mais- und Weizenfelder, die sie zum Überleben benötigten, die jedoch aufgrund von Wassermangel nur spärlich waren.

»Aber das wird sich bald ändern«, fügte er hinzu.

Schließlich gingen sie zur Wüste und zum Stein, die sich östlich des Dorfes befanden. Als sie unter den breiten Baumwipfeln hervortraten und über die weite Steppe zu gehen begannen, konnten sie wieder erkennen, wie sich der Stein am goldenen Horizont erstreckte und den ganzen Himmel ausfüllte.

Lila bewunderte die rötliche Farbe, die auf der schattigen westlichen Seite tiefrot aussah. An den Rändern, dort, wo die verborgenen Sonnenstrahlen wie die Speichen eines riesigen Rades hervorbrachen, schien er zu glühen. »Er ist wunderschön, nicht wahr?«

Dr. Cooper musterte die fernen Umrisse des Steins und fragte die Kinder leise: »Warum haben wir keine Angst davor?«

Jay hielt die Frage für etwas seltsam. »Sollten wir das?«

»Na, komm schon: Er ist aus dem Nichts entstanden; er ist unzerstörbar; er teilt den Tag in zwei Hälften; er bebt; und in dem Sturm, den er verursacht hat, haben wir uns beinahe zu Tode erschreckt.«

Jay dachte einen Augenblick nach. »Ja, aber jetzt geht es uns gut. Es ist nichts wirklich Schlimmes passiert.«

»Die Menschen auf der anderen Seite haben Angst vor ihm.«

»Ich hatte noch nie Angst davor«, gestand Lila.

»Und ich auch nicht«, pflichtete ihr Jay bei.

»Aber warum nicht?«, bohrte ihr Vater.

»Ich weiß nicht«, antwortete Lila. »Es wäre so, als hätte ich Angst vor dem Sonnenaufgang, vor einem schönen Berg oder einem Wald, dessen Blätter sich im Herbst verfärben. Er ist schön und Gott hat ihn gemacht. Mehr weiß ich auch nicht.«

»Genau«, stimmte Jay zu. »Ich glaube, Lila und der Häuptling haben Recht: Gott hat ihn hierher gesetzt.«

Dr. Cooper nickte. »Und das macht mich wirklich neugierig: Was ist an diesem großen Stein so Besonderes, dass er diese Reaktion in uns hervorruft?«

»Na, was ist mit den Motosas?«, fragte Jay. »Sie müssen genauso empfinden. Ich meine, all diese Leute auf der anderen Seite – Nkromo, Mobutu, die Soldaten – glauben, der Stein sei ein Boloa-Kota und sie haben Angst vor ihm. Aber die Motosas sind froh, dass er hier ist. Sie meinen, ihr Gott hätte ihn hierher gesetzt.«

»Das war allerdings sehr interessant«, sagte Dr. Cooper. »Ich wüßte gern mehr über das religiöse System hier. Sie scheinen an einen Schöpfer zu glauben, an einen einzigen Gott.«

»Und sie sind auch keine Kannibalen«, entgegnete Jay. »Ich weiß nicht, wie Mr. Mobutu auf diese Idee gekommen ist.«

»Mann!«, sagte Lila plötzlich.

Sie kamen über eine Anhöhe und konnten vor sich die weite, goldene Steppe sehen. Dort, wo sie in die trostlose Wüste überging, erhob sich der Stein so massiv, unbeweglich und geheimnisvoll wie immer, wie eine Säule, die den Himmel trägt. Aber jetzt gab es etwas Neues zu sehen.

Mindestens fünfzig Männer, Frauen und Kinder arbeiteten in einer geraden Reihe, schwangen Spitzhacken und

Schaufeln und warfen die harte Erde aus einem Graben. Dieser führte mehr als eine Meile weit durch die Grassteppe in die Wüste hinein und bis zum Fuß des Steins. Es war eine erstaunliche Leistung, wenn man bedachte, welches primitive Werkzeug sie benutzten: Sie hatten keine Bagger oder Planierraupen, nur Spitzhacken, Schaufeln, Muskelkraft und Entschlossenheit.

Man konnte leicht erkennen, dass der Häuptling auf das Projekt stolz war. Er wies mit einer langgezogenen, fließenden Bewegung auf den Graben und sagte durch Bengati: »Jahrelang haben wir aufgrund des Wassermangels ein hartes Leben gehabt. Unsere Ernten waren spärlich und das Wasser in unserem Brunnen sank tiefer und tiefer. Aber jetzt wird Wasser kommen. Es wird durch diesen Graben vom Stein bis zu unserem Dorf fließen.«

Jennifer Henderson erhob sich mühsam in ihrem Stuhl und reckte sich, um bis zum Ende des Grabens sehen zu können. »Aber wo ist das Wasser?«

»Es wird kommen«, erwiderte der Häuptling.

Er ging weiter und sie folgten ihm. Sie gingen am Graben entlang durch die Grassteppe und in die Wüste und kamen dichter und dichter an den Stein heran. Dr. Henderson wurde wieder sichtlich nervös, aber die Männer, die sie trugen, schienen sich tatsächlich über die Gelegenheit zu freuen, so nahe an den Stein heranzukommen.

Die Coopers begutachteten den Graben, während sie weitergingen, bis ihr Marsch schließlich an der nordwestlichen Ecke des Steins abrupt beendet wurde.

An dieser Stelle gewährte ihnen der Stein, gleichsam als höfliche Geste, über flachen Wüstenboden Zugang zu seiner Ecke. Nur ein paar hundert Meter weiter traf der Stein direkt auf die steilen, felsigen Klippen, die jeden Zugang zu seiner nördlichen Seite und auch jeden Durchgang zur anderen Seite unmöglich machten. Die Coopers und Dr. Henderson waren noch nie an einer der Ecken des Steins gewesen. Sie hatten noch nie eine Ecke berührt oder ihren Winkel gemessen, nie ihre Hand auf die scharfe Kante gelegt, die, gerade wie ein Laserstrahl, senkrecht in den Himmel schoss.

Dr. Cooper war als Erster an der Ecke und berührte sie, ohne auch nur zu versuchen, seine Erregung zu verbergen. Er glitt mit seiner Hand an ihr auf und ab, sah mit einem Auge an der Westseite des Steins entlang, dann an der Nordseite und maß sorgfältig den Winkel, den die beiden Seiten dort, wo sie aufeinander trafen, bildeten.

»Unglaublich!«, rief er aus. Er war so aufgeregt, dass in seiner Stimme ein Lachen mitschwang. »Neunzig Grad! Perfekt geformt!«

Jennifer Henderson rutschte unruhig in ihrem Stuhl hin und her und drängte ihre Träger vorwärts. »Macht schon, bringt mich dorthin!«

Sie trugen sie zur Ecke, wo auch sie sofort den Stein berührte. Vor Aufregung begann sie, schneller zu atmen, und ihr Gesicht war voller Staunen.

Dann waren Jay und Lila an der Reihe, sahen an der Ecke hinauf, bewunderten die absolut gerade Linie und den perfekten rechten Winkel.

»Oh Herr«, betete Dr. Cooper unwillkürlich, »was ist das? Was bedeutet es?«

Aber jetzt untersuchte Dr. Henderson sorgfältig den Boden und die Felsschichten, durch die der Graben verlief. »Dr. Cooper, ich habe keine guten Neuigkeiten für uns oder die Motosas. Es gibt hier nichts, was auf irgendeine Art von Grundwasserspiegel oder wasserführende Schicht hinweist.«

Die Motosas, die in der Nähe standen, verstanden ihre Worte nicht ganz, aber sie konnten ihren ernsten Tonfall verstehen. Sie wurden still und wollten wissen, was sie sagte.

»Sie wollen also damit sagen, dass …?«, fragte Dr. Cooper.

»Was ich sagen will, ist, dass sich hier kein Wasser befindet«, erwiderte sie.

Der Häuptling schien zu verstehen, was sie sagte, und berührte sie am Arm. Dann sprach er und Bengati übersetzte wieder. »Sie sehen nur mit einem Paar Augen und Sie sehen nur das, was sein kann.«

Dr. Henderson wollte sich nicht mit ihrem Gastgeber streiten. »Ich nehme an, Sie haben Recht«, stimmte sie zu. Dann murmelte sie Dr. Cooper zu: »Wahrscheinlich kann er ja vorhersagen, was die geologischen Kräfte als nächstes tun werden.«

Dann wandte sich Häuptling Gotono mit einem Funkeln in seinen Augen an Jay und Lila. Bengati übersetzte, als der Häuptling sie fragte: »Seht ihr mit anderen Augen? Seht ihr, wie das Wasser zu unserem Dorf fließt?«

Nun, das taten sie natürlich nicht, aber sie glaubten zu verstehen, was er meinte.

Jay machte einen Anlauf: »Sie, ähm, graben diesen Graben im Glauben?«

Bengati war sich nicht sicher, wie er das übersetzen sollte.

Lila versuchte es: »Es ist wie ein Traum, eine Vision. Sie sehen kein Wasser, aber trotzdem glauben Sie, dass es da sein wird.«

Bengati übersetzte ihre Worte für den Häuptling und dieser lachte ein tiefes, donnerndes Lachen, das so klar von dem Stein widerhallte, dass es sich anhörte, als lache ein zweiter Mann gleich neben ihnen. »Ja!« Er schlug auf sein Herz. »Hier drinnen weiß ich es.«

7

Als sie später wieder bei Jo-Jota waren, unterhielten sich die Coopers und Dr. Henderson auf der Veranda mit dem Häuptling und Bengati. Sie genossen eine von Jo-Jotas Fruchtsaftkreationen und ruhten sich von der Hitze des Tages aus.

Der Häuptling redete und wie immer übersetzte Bengati seine Worte. »Ich weiß, dass in dem Graben kein Wasser ist. Ich weiß, dass man kein Wasser sehen kann. Aber sehen Sie den Brunnen?« Der Häuptling wies zum Dorfbrunnen in der Mitte des Dorfplatzes. »Vor langer Zeit, als hier noch kein Dorf war, kamen unsere Vorfahren an diesen Ort. Ihr Häuptling erklärte: ›Hier werden wir leben.‹ Seine Leute antworteten: ›Wir können hier nicht leben. Es gibt kein Wasser hier.‹ Aber der Häuptling hatte einen besonderen Stein auf dem Boden gefunden und als er mit seinem Stab darauf schlug, kam Wasser unter dem Stein hervor. Seit jener Zeit ist dieses Wasser da gewesen und dort befindet sich heute unser Brunnen. Wir sind hier und unser Dorf ist hier, weil vor langer Zeit ein Häuptling sah, dass dort, wo einst kein Wasser war, Wasser sein würde.«

Dr. Cooper lächelte. Die Geschichte erinnerte ihn an Mose in der Wüste, der an einen Felsen schlug, um aus ihm Wasser für die Kinder Israel zu bekommen. »In unserer Kultur gibt es auch so eine Geschichte.«

»Sie werden also an den Stein schlagen, so, wie es Ihr Vorfahr tat?«, fragte Dr. Henderson.

Der Häuptling sah ein wenig verlegen aus. »Das habe ich bereits getan, noch bevor wir den Graben ausgehoben haben.«

Dr. Henderson konnte nicht verbergen, dass all diese Dinge sie beunruhigten. »Und trotzdem glauben Sie immer noch, dass dort Wasser sein wird?«

»Es ist Wasser dort«, beharrte der Häuptling. »Unser Brunnen sinkt. Wir müssen tiefer graben, aber es ist schwierig, noch weiter Wasser aus ihm zu ziehen. Wir haben versucht, andere Brunnen zu graben, aber wegen der Felsen konnten wir nicht tief genug graben. Wenn uns der Stein kein Wasser bringt, werden wir umkommen. Das kann unser Gott nicht zulassen.«

Dr. Henderson sagte nichts. Sie blickte auf den Dorfplatz hinaus. Dr. Cooper konnte sehen, dass sie Mitleid mit diesen Menschen hatte. »Dr. Henderson, was ist mit dem Brunnen, den diese Leute jetzt haben? Zeigt das nicht, dass es dort unten Wasser gibt, irgendeine wasserführende Schicht?«

Sie dachte darüber nach und nickte schließlich. »Sicherlich. Diese Wüste ist auf allen Seiten von Hügeln und Bergen umgeben. Spalten und Risse im Untergrund könnten das Regenwasser von diesen Bergen in ein riesiges Reservoir unter dem Wüstenboden leiten. Aber selbst wenn dort unten Wasser ist, haben Sie ja gehört, was der Häuptling sagte: Es befindet sich unter solidem Felsgestein und ist so tief, dass es für diese Leute unerreichbar ist.« Dann fügte sie noch bedrückt und mit leiser Stimme hinzu, damit es sonst niemand hörte: »Und ein sechzig Zentimeter breiter Graben durch die Wüste wird daran nicht viel ändern.«

Dr. Cooper warf einen Blick über die grasbedeckten Dächer des Dorfes und durch die Bäume. Er konnte den Stein sehen, der noch in der Nachmittagssonne schimmerte. »Es sei denn, etwas wirklich Ungewöhnliches geschieht«, gab er zu bedenken.

Sie betrachtete den Stein und schüttelte ängstlich den Kopf. »Sie meinen etwas Schreckliches, Doktor. Ein geologisches Ereignis, das groß genug wäre, jene wasserführende Schicht aufzubrechen, würde in seinem Verlauf dieses

Dorf wahrscheinlich vom Erdboden fegen. Daran würde ich lieber nicht denken.«

In dem Augenblick kam Renyata, die Frau des Häuptlings, mit ihrem Sohn Ontolo um die Ecke und jeder konnte sehen, dass irgendetwas nicht in Ordnung war. Renyata sah ärgerlich aus und Ontolo ging mit hängendem Kopf neben ihr und wirkte bedrückt.

Renyata sprach leise mit Bengati, der den Coopers ihre Worte mitteilte. »Renyata würde gern wissen, ob Sie einen Zeichenstock und einige von den fremden Häuten vermissen.«

Renyata hielt einen Bleistift und einige Blatt Papier hoch und sprach, während Bengati übersetzte. »Es ist gegen unsere Lebensweise, dass jemand etwas nimmt, das einem anderen gehört. Es ist der Befehl unseres Gottes, dass wir nicht stehlen, sondern arbeiten, um das, was wir uns wünschen, herzustellen und dann mit anderen zu teilen.« Sie warf einen kurzen Blick auf ihren Sohn. »Ich fürchte, dass mein Sohn Ontolo von der Schlange gebissen wurde und etwas Unrechtes getan hat.«

Ontolo stand ängstlich da. Seine Augen warteten auf Jays Antwort.

Dieser war ziemlich bestürzt, dass Ontolo Schwierigkeiten hatte. »Gnädige Frau …« Jay wußte, dass er im Begriff stand, der Frau des Häuptlings zu widersprechen, und versuchte, es vorsichtig zu tun. »Ontolo hat mich nicht bestohlen.« Er sah Lila an und erwartete, dass sie ihm zustimmte. »Ich habe Ontolo den Bleistift und das Papier gegeben, als wir uns gestern kennengelernt haben.« Er griff in seine Tasche und brachte ein primitives Messer zum Vorschein. »Und Ontolo hat mir sein Messer gegeben. Wir sind Freunde.«

»Das stimmt«, sagte Lila. »Es war ein Tauschgeschäft.«

Bengati war überglücklich, dies für Renyata zu übersetzen.

Als sie Jays Worte hörte, wurde ihr strenger Gesichtsausdruck weich. Sie sah verlegen aus, als sie in stockendem Englisch fragte: »Der Bleistift ist … Geschenk … für meinen Ontolo?«

Jay griff in seine Tasche und holte einen anderen Bleistift heraus. »Ja. Bitte schön, hier ist auch einer für Sie.«

Sie nahm den Bleistift aus Jays Hand und sah ihn erstaunt an. Dann legte sie ihren Arm um ihren Sohn. Es war nicht schwer zu erkennen, dass sie sich entschuldigte. Ihre Gesichter hellten sich auf, sie begannen zu lächeln und dann legte Renyata mit einer bedeutungsvollen Geste beide Bleistifte in Ontolos Hand. »Danke, Jay Cooper. Danke für Bleistifte.« Sie sah Bengati an, der ihre weiteren Worte übersetzte. »Ich werde sie beide meinem Sohn Ontolo geben, denn er weiß etwas damit anzufangen.«

Dann lachten die vier Motosas über einen Witz, den nur sie verstanden, während Häuptling Gotono aufstand und seinen Sohn spielerisch umarmte. »Kommen. Wir essen in meinem Haus.«

Das Mittagessen war köstlich, aber Ontolo konnte es kaum erwarten, vom Tisch aufstehen und Jay mit sich nehmen zu können. Der große Baum, um den herum Gotonos Haus gebaut war, diente auch als praktische Treppe zu Ontolos Zimmer im zweiten Stock. Ontolo kletterte voran, um Jay den Weg zu zeigen, und dieser folgte ihm.

Beim Anblick von Ontolos kleinem Zimmer staunte Jay, ja er musste sogar leise lachen. Es sah sehr nach einer primitiven Version von Jays Zimmer zu Hause aus. Anstelle von Postern, Schlittschuhen, Bällen und Sporttrophäen war es mit Ontolos Trophäen dekoriert: Tierhäute, glänzende Vogelfedern, eine Rohrflöte, ein bunter, mit Federn versehener Speer und ein eindrucksvoller Brustpanzer aus Leder und Knochen.

Aber Ontolo wollte Jay etwas ganz Bestimmtes zeigen und er lenkte die Aufmerksamkeit seines Freundes auf eine Ecke des Raumes, wo auf einem kleinen Tisch Stücke gepresster Baumborke und die gedehnten Häute kleiner Tiere wie Schulbücher aufgestapelt waren. Ontolo hob ein Stück Rinde hoch, das eine flache, glatte Oberfläche von etwa zwanzig Zentimeter Durchmesser hatte, und legte es in Jays Hand.

Jay sah das Stück Rinde an und wusste nicht, was er davon halten sollte. Als er sah, dass die Rinde mit winzigen, ordentlichen Figuren und Schnörkeln bedeckt war, die in sauberen Reihen angeordnet waren, sah er auf einmal sehr genau hin. Das waren nicht nur Symbole oder grobe Bilder von Tieren und Abenteuern. Die kleinen, zierlichen Kratzer, die mit einem spitzen Stock und dem dunklen Saft von Beeren gemalt worden waren, hatten einen unverkennbaren Zweck.

Schrift!

Jay wies auf das Stück Rinde in seiner Hand und fragte: »Hat das Ontolo gemacht?«

Ontolo nickte glücklich und zeigte ihm sofort eine Haut, die über einen Ring aus Weinruten gespannt war. Noch mehr Schrift. Ontolo wies auf das erste Schriftzeichen und erklärte, welchen Laut es darstellte: »Ooo.« Dann auf das nächste Zeichen und seinen Klang: »Nnnn.« Dann das nächste: »Tuh.« Dann kam »Ooo«, gefolgt von »Lll« und schließlich wieder »Ooo«.

Jay wies auf die Zeichen und sprach das Wort aus. Es war einfach: »On-to-lo«.

Ontolo wurde so aufgeregt, dass Jay schon befürchtete, er würde vom Speicher herunter auf die unten sitzenden Gäste fallen. »Ontolo!«, rief er und zeigte erst auf das Wort und dann auf sich selbst. »Ontolo!«

»Ja«, nickte Jay und erkannte, was er da sah. »Ontolo. Dein Name.«

»Ontolo ist ...« Ontolo sah sich im Zimmer um. Als er den Stamm des großen Baumes sah, der das Haus trug, leuchteten seine Augen auf. Er klopfte mit seinem Finger dagegen.

Jay versuchte zu raten, was Ontolo sagte. »Ontolo ist ein Baum?«

Ontolo schüttelte seinen Kopf und lachte, weil Jay so lange brauchte, um zu verstehen. Er klopfte mit beiden Händen an seine Brust. »Ontolo: Ich heiße Mann ...« Aber ihm fiel das nächste Wort in Englisch nicht ein und er klopfte wieder an den Baum.

»Mann vom Baum?«, riet Jay.

Ontolo nickte zögernd und legte sein Gesicht in Falten.

»Mann des Baums?«

Ontolo zuckte nur mit den Schultern. Er war nicht ganz zufrieden. »Mann des Baums. Ja.«

Ontolo nahm die Haut, die Jay in der Hand hielt, und schrieb dann mit einem der Bleistifte, die ihm Jay gegeben hatte, zwei weitere Zeichen und gab sie ihm zurück. »Siehst du?« Er wies auf das erste Zeichen und formte den Laut, den es darstellte. »Juh.«

Jay riet den Klang des zweiten Zeichens. »Äy.«

Ontolo nickte, erfreut über den Fortschritt seines Schülers.

Jay las das ganze Wort. »Jay.«

Ontolo lachte, hocherfreut darüber, wie gut es funktionierte.

Jay wies auf die anderen Häute und Rindenstücke, die alle mit Ontolos seltsamen Zeichen bedeckt waren. »Ontolo, hast du das alles gemacht?«

Ontolo war überglücklich. »Ja. Ontolo gemacht. Hier drin!« Er klopfte gegen seinen Kopf, womit er sagen wollte, dass es ganz allein seine Idee gewesen war.

Jay war sprachlos. »Ontolo«, sagte er und legte die Haut zurück in Ontolos Hand, »schreibe, was ich sage.«

Ontolo verstand nicht ganz und so machte Jay eine Bewegung zu seinem eigenen Mund und klopfte dann auf die Haut und wies auf Ontolos Bleistift. »Schreibe ›a‹.« Der Laut, den Jay machte, war wie das kurze »a« in dem Wort »Apparat«. Jay klopfte wieder auf die Haut. »Schreibe es.«

»Aa?«, fragte Ontolo. Es klang wie das lange »a« in »Apparat«.

Jay nickte. »Ja, fast genau richtig.«

Ontolo zuckte mit den Achseln und machte ein kleines Zeichen.

»Jetzt schreibe ›Mmm‹.«

Ontolo machte ein weiteres Zeichen. Er genoss das Gefühl, mit dem neuen Bleistift zu schreiben.

»Jetzt wieder ›a‹, dann ›n‹, und dann ›f‹, wieder ›a‹, wieder ›n‹ und dann ›g‹.«

Ontolo verzog das Gesicht. Er hatte kein Zeichen für diesen Laut.

»Wie wäre es mit ›k‹?«, fragte Jay.

Ontolo nickte und schrieb. Das würde klappen.

Unten im Hauptraum unterhielten sich die Erwachsenen und Beset zeigte Lila, wie man einen schönen Kopfschmuck webt. Dr. Cooper blickte nach oben zum Hochsitz, auf den sich die beiden Jungen schon eine ganze Weile zurückgezogen hatten. »Es ist ganz schön ruhig da oben.«

Häuptling Gotono und Bengati lachten über einen privaten Witz und der Häuptling erklärte durch Bengati: »Ich glaube, Ontolo spielt mit den Bleistiften. Es macht ihm Spaß, zu malen und seltsame Zeichen zu machen.«

»Jay?«, rief Dr. Cooper.

»Dad!«, kam Jays Antwort, als er sich vom Hochsitz zum Baumstamm schwang und begann, hinunterzuklettern. »Dad, das musst du sehen!«

»Sehen? Was?«

Beide Jungen kamen jetzt aufgeregt und halb rutschend den Baum heruntergeklettert. Dr. Cooper fragte sich, was denn bloß los sei, aber der Häuptling schien nicht allzu beunruhigt oder neugierig. Offenbar war er dieses Verhalten von seinen Kindern gewohnt.

Jay landete auf dem Boden und wartete, bis sich Ontolo hinter ihm fallen ließ. »Dad, es ist unglaublich! Das geht in die Geschichte ein – und es passiert hier und jetzt!«

Da Häuptling Gotono Jay nicht verstand, blickte auch er nun etwas verwundert. Bengati versuchte, ihm zu erklären, was los war, obwohl das keiner im Raum so richtig wusste.

Jay nahm die Tierhaut aus Ontolos Hand und zeigte sie seinem Vater. »Sieh dir das an! Es ist ein geschriebenes Alphabet!«

Dr. Cooper kniff seine Augen zusammen, während er die seltsamen kleinen Zeichen studierte. Auch Dr. Henderson humpelte näher, um sich die Tierhaut genauer anzusehen. »Ein Alphabet!«, rief sie. »Du meinst, das hier ist Ontolos Erfindung?«

Da Bengati immer noch für den Häuptling übersetzte, verstand dieser Dr. Coopers Frage und antwortete ihm. »Wie ich bereits sagte – Ontolo macht gern seltsame Zeichen. Er glaubt, er könne ein Stück Haut oder Rinde zum Sprechen bringen.«

»Er kann!«, rief Jay aus.

»Er tut nur so«, sagte der Häuptling. »Es ist ein Spiel.«

Jay nahm die Haut, die er seinem Vater gegeben hatte, zurück und gab sie Ontolo. Dann verbeugte er sich leicht und sprach den Häuptling mit dem angemessenen Respekt an. »Mit Verlaub, Sir, Ihr Sohn Ontolo hat meine Worte auf diese Haut getan, Worte, die er nicht kennt, aber die er trotzdem für alle Zeit festgehalten hat.« Er wandte sich an Ontolo: »Ontolo, fang an. Lies.«

Ontolo grinste. Er war aufgeregt und ein wenig nervös, als er begann, die Laute zu sprechen, die seine Zeichen darstellten. »Aam Aan faank schuuf Goot den Him hel unt dii Er te.«

Er blickte auf. Sein Vater schien verwirrt zu sein. Offensichtlich waren diese Laute für ihn bedeutungslos.

Dr. Cooper war mehr als nur erfreut. Er war von Ehrfurcht ergriffen. Dr. Henderson und Lila erging es ebenso.

»Hast du noch mehr?«, fragte Dr. Cooper.

Jay nickte Ontolo zu, und Ontolo las noch mehr. »Unt Goot sak tee es wer te Licht unt es waart Licht.«

Jacob Cooper lachte leise und schüttelte vor Erstaunen langsam den Kopf. »Ich sehe, was du meinst, Jay. Das wird tatsächlich in die Geschichte eingehen.«

Der Häuptling bemerkte, wie seine Besucher auf seinen Sohn reagierten, und fragte Bengati danach.

Bengati war selbst ein wenig von Ehrfurcht ergriffen und versuchte, die Geschehnisse zu erklären.

Lila verstand jedes Wort, das Ontolo las, und wiederholte alles. »Am Anfang schuf Gott den Himmel und die Erde. Und Gott sagte. ›Es werde Licht‹, und es ward Licht.«

»Versteht Ontolo, was er gelesen hat?«, fragte Dr. Cooper.

Bengati fragte den Jungen danach und antwortete dann: »Nein. Ontolo weiß nicht, was er gelesen hat. Er kennt nur die Laute, die ihn Ihr Sohn Jay hat aufschreiben lassen.«

»Dieser junge Mann hat ein phonetisches Alphabet erfunden!«, rief Dr. Henderson aus.

»Bengati«, sagte Dr. Cooper, »hast du die Worte verstanden, die Ontolo gelesen hat?«

Bengatis Augen waren vor Staunen weit aufgerissen, als er antwortete. »Zunächst nicht. Aber dann, als ich mehr hörte, konnte ich erkennen: Ontolo las eure Worte. Englische Worte.«

»Sagen Sie Ihrem Häuptling Gotono, dass sein Sohn eine Methode geschaffen hat, wie man Worte festhalten kann – die Worte von allen – und sie auf Rinde, Stein oder Papier bringen kann.« Bengati begann, dies dem Häuptling zu erklären, während Dr. Cooper bereits fortfuhr: »Dadurch können Ihre Worte, die Worte Ihrer Kinder, die Geschichten Ihrer Vorfahren … alles, was gesprochen wird, sicher festgehalten werden, für alle Zeit, für alle Generationen.«

Der Häuptling dachte darüber nach und zuckte dann ein wenig mit den Schultern. Er antwortete mit Hilfe von Bengati: »Die Worte unseres Mundes werden sicher in unseren Köpfen aufbewahrt. Wir erinnern uns an die Geschichten. Wir erinnern uns an unsere Vorfahren und ihre Namen und an das, was sie taten. Wir erzählen es unseren Kindern und sie erzählen es wieder ihren Kindern.«

Dr. Cooper erwiderte respektvoll: »Aber jetzt können Sie auch die Worte anderer Männer empfangen und verstehen. Die Seiten von Büchern können ihre Worte aus der Ferne zu Ihnen tragen.« Während Dr. Cooper dies sagte, öffnete er vor sich seine Hände und tat so, als öffne er ein Buch.

Jede Bewegung im Raum kam augenblicklich zum Stillstand. Häuptling Gotono und Bengati starrten zunächst Dr. Cooper mit großen Augen an und dann einander. Die plötzliche Stille erschreckte Lila. Hatten sie etwas schrecklich Beleidigendes getan?

Bengati war der erste, der sich wieder bewegte. Er drückte seine Handflächen vor sich zusammen. Dann öffnete er sie wieder wie ein Buch. Dabei waren seine Augen auf den Häuptling gerichtet und er sprach leise Worte in der Motosa-Sprache.

Der Häuptling blickte auf Bengatis offene Hände, dann auf seinen schöpferischen Sohn und seine Unterlippe begann zu zittern.

Bengati wiederholte die Geste des Buchöffnens. Seine Augen waren groß vor Staunen, als er von seinen Händen zu Dr. Cooper blickte und dann wieder zurück auf seine Hände.

Schließlich öffnete der Häuptling seine Hände wie ein Buch, hob sie zum Himmel und begann dann, mit tiefen, bebenden Schluchzern zu weinen.

8

Als sie wieder in Jo-Jotas Haus waren, machte Dr. Henderson einen Mittagsschlaf, während sich die Coopers leise auf der Veranda trafen und herauszufinden versuchten, warum der Häuptling plötzlich alle nach Hause geschickt hatte. Häuptling Gotono schien sehr beunruhigt gewesen zu sein, so, als müsse er mit seinen Gedanken allein sein. Die Enthüllung von Ontolos phonetischem Alphabet war natürlich ein besonderer Augenblick gewesen. Aber scheinbar war es die Geste des Buchöffnens gewesen, die den Häuptling zum Weinen gebracht hatte, und er hatte nicht den geringsten Erklärungsversuch dafür unternommen.

Ihr kleines Treffen dauerte nicht lange. Die Dorftrommler, drei Männer und ein Lehrling, der höchstens zehn Jahre alt war, nahmen ihre Plätze vor der großen Versammlungshalle ein und begannen, auf tiefen Basstrommeln, einem hohlen Baumstamm und etwas, das wie das Stahllenkrad eines alten Autos aussah, ein kompliziertes, rhythmisches Lied zu trommeln.

»Es ist Zeit!«, erscholl ein Ruf über den Dorfplatz. Es war Bengati, der eilig herbeieilte. »Kommen Sie! Wir haben jetzt unsere Versammlung!«

Lila war eigentlich in der Stimmung, sich zu unterhalten. »Jetzt sofort?«

Bengati winkte ihnen. »Kommen Sie. Der Häuptling wird sprechen.«

Die Coopers standen auf und machten sich bereit. Jay hatte keine Schuhe an, Dr. Cooper musste sein Hemd anziehen und Lila ihre Haare bürsten, bevor sie den Kopfschmuck, den sie mit Besets Hilfe gemacht hatte, aufsetzte. Dr. Henderson hatte eigentlich keine Lust, irgendwohin zu gehen, und begann, sich deswegen aufzuregen. Sie jammerte regelrecht herum. Aber dann kamen ihre vier treuen Träger mit dem Stuhl und das überzeugte auch sie.

Sie eilten mit den anderen Dorfbewohnern zur Versammlungshalle und kamen gerade rechtzeitig an. Bengati brachte sie zu einer Bank aus Baumstämmen an der Seite, wo er alles leise für sie übersetzen konnte.

All die Menschen, die Jungen und die Alten, hatten sich wieder versammelt und saßen dort, Reihe um Reihe. Sie trugen farbenfrohe gewebte Gewänder und baumelnden, klimpernden Schmuck aus Leder, Knochen und Steinen. Ein gedämpftes Gemurmel war zu hören, als sich die Leute leise unterhielten. Ein oder zwei Babys weinten.

Plötzlich trat ohne jede Einleitung oder Erklärung ein Mann auf den großen, flachen Rednerstein und begann zu singen – oder war es eher ein Sprechgesang? Er hatte eine kräftige Tenorstimme und die Melodie stieg auf wie der Flug einer Schwalbe. Er sang eine Zeile des Liedes und die Menschen wiederholten die Zeile einstimmig mit großer Kraft und unheimlich schönen Harmonien. Jay und Lila bekamen eine Gänsehaut.

Der Vorsänger sang die nächste Zeile des Liedes und erneut wiederholten die Menschen sie wie ein Echo. Dann kam die nächste Zeile und wieder ein Echo und so ging es immer weiter. Je länger das Lied gesungen wurde, umso lauter und gefühlvoller wurde es. Als es zu Ende war, schlossen viele in der Gruppe die Augen, als ob sie beteten. Sie waren mit ihren eigenen Gedanken und Gefühlen beschäftigt und bewegten ihren Körper im Rhythmus der Musik.

Es folgten weitere Lieder und man konnte deutlich erkennen, dass diese Leute nicht nur ein gemeinsames Singen am Lagerfeuer abhielten. Dies war eine sehr tief empfundene, geistliche Angelegenheit.

Dr. Cooper war völlig fasziniert, beugte sich in seinem Sitz nach vorne, beobachtete und hörte aufmerksam zu.

Schließlich wandte er sich an Jay und Lila und meinte: »Ich glaube, wir befinden uns in einem Gottesdienst.«

Jay und Lila nickten. Ja, genauso sah es aus, klang es und fühlte es sich an. Sie warfen Dr. Henderson einen verstohlenen Blick zu und entdeckten erstaunt, dass sie völlig gefesselt war, sich unbewusst zur Musik bewegte und ein feines Lächeln auf ihrem Gesicht lag.

Als der Gesang beendet war, erfüllte eine sehr schöne und friedliche Atmosphäre die Halle.

»Jetzt wird der Häuptling sprechen«, flüsterte Bengati.

Häuptling Gotono, der mit seinem vollen Kopfschmuck und ausgestreckten Armen vor der Menge stand, erhielt sofort die respektvolle Aufmerksamkeit seines Volkes. Er begann seine Rede – oder war es eine Predigt? – mit seiner typischen dröhnenden Stimme.

Bengati beugte sich zu den Coopers und Dr. Henderson hinüber und begann, leise zu erklären, worüber der Häuptling sprach. »Der Häuptling erzählt die Geschichte von seinem Vater, Häuptling Landzi, der unser Volk damals durch die Wüste hierher brachte und Wasser fand, als er auf den Felsen schlug.«

Als Bengati sich von ihnen wegbeugte, um weiter zuzuhören, tauschte Dr. Cooper mit seinen Kindern fragende, erstaunte Blicke aus.

»Dad«, sagte Jay, »klingt das nicht wie die Geschichte von Mose?«

Dr. Cooper hatte keine Zeit zu antworten. Bengati neigte sich ihnen wieder zu und gab leise aus einem Mundwinkel die Botschaft des Häuptlings weiter. »Jetzt ist das Wasser weg, aber der Häuptling sagt, wenn wir uns vom Bösen abwenden und Gott suchen, wird Gott uns antworten und uns Wasser aus dem mächtigen Felsen in der Wüste bringen.«

Der Häuptling sprach jetzt sogar noch lauter und wies nach Westen zu dem Stein, der so groß wie ein Berg war.

Bengati erklärte: »Der Häuptling sagt, dass Gott seinen heiligen Berg geschickt hat, um zu dem Stamm zu sprechen. So, wie er Ontolo schickte, um Mobutu zu retten, so hat er diesen Stein geschickt.«

»Ontolo? Meinen Sie damit –«, begann Jay zu fragen, aber die Predigt war zu Ende und ein weiteres Lied begann. Diesmal standen die Leute beim Singen, klatschten und winkten mit den Händen.

Als die Versammlung vorbei war, schlug Dr. Cooper vor: »Lass uns zurück zu Jo-Jotas Haus gehen und unsere Notizen vergleichen. Die ganze Idee, dass die Motosas Wilde und Kannibalen seien, läßt sich nicht halten.«

Sie saßen auf der großen vorderen Veranda und beobachteten Dorfkinder beim Spielen, als ihnen Jo-Jota ein paar Scheiben Brot und Melone als Imbiss brachte.

Dr. Henderson biss in die erfrischende Melone und bemerkte: »Sicherlich, ich fand ihre Rituale faszinierend und ihre Musik schön und unterhaltsam, aber ich sehe nichts Ungewöhnliches in ihren religiösen Überzeugungen. Sie glauben, dass sie ihren Gott beleidigt haben und dass ihnen ihr Gott deshalb das Wasser weggenommen hat. Für eine primitive landwirtschaftliche Gesellschaft scheint dies ein angemessener Mythos zu sein.«

»Das ist auch nicht ungewöhnlich«, erklärte Dr. Cooper. »Das Ungewöhnliche liegt darin, dass ihr religiöses System nichts von all dem Drum und Dran des Heidentums hat: keine magischen Rituale, keine Beschwichtigung böser Geister, keine Anbetung der Natur …«

»Und keine Götter«, fügte Lila hinzu.

»Das stimmt.« Jay nickte. »Und sie haben nur einen Gott, nicht mehrere.«

»Das war das erste, was meine Aufmerksamkeit erregte«, sagte Dr. Cooper und beugte sich in seinem Stuhl vor.

»Sie haben keinen Regengott, keinen Sonnengott, keinen Fruchtbarkeitsgott, keinen Gott der Ernten oder der Jahreszeiten oder was auch immer. Ihr Gott ist größer als all das. Bedenken Sie einmal diesen Stein dort draußen. Jede andere heidnische Kultur hätte angefangen, dieses Ding anzubeten, ihm Opfer zu bringen, es mit Sprechgesängen und Magie zu beschwichtigen. Aber diese Menschen haben einen Gott, der groß genug ist, um den Stein geschaffen und dort hingestellt zu haben. Ihr Gott ist größer als die Natur, größer als die Schöpfung.«

Dr. Henderson hatte ihr Stück Melone fertig gekaut. »Dr. Cooper, ich nehme an, Sie wollen mir einreden, dass diese Leute Christen oder so etwas Ähnliches sind?«

Jay, Lila und Dr. Cooper sahen einander an und wussten sofort, dass sie alle dieselbe Vermutung hatten. Dr. Cooper fasste ihn in Worte. »Sie sind vielleicht keine Christen in dem Sinne, wie wir es kennen – keine Baptisten, Methodisten oder Pfingstler. Aber wenn man bedenkt, dass noch nie ein Missionar zu ihnen gekommen ist, um ihnen von Gott und Jesus Christus zu erzählen, muss man sich einfach über die Ähnlichkeiten wundern.«

»Darf ich fragen, was für Ähnlichkeiten Sie meinen?«, fragte Dr. Henderson.

»Ein Gott, größer als die ganze Schöpfung, der alle Dinge geschaffen hat, der diesen Menschen sagt, was richtig und was falsch ist.«

Jay meldete sich zu Wort. »Er lehrt sie, dass stehlen falsch ist und dass sie hart arbeiten und teilen sollen.«

»Und es ist offensichtlich, dass diese Menschen eine persönliche Beziehung zu ihrem Gott haben. Sie lieben ihn.«

Jay blickte seinen Vater fragend an: »Wer ist eigentlich dieser Ontolo, von dem der Häuptling gesprochen hat? Ich meine, ich glaube nicht, dass er seinen Sohn meinte, als er erzählte, wie Gott Ontolo schickte, um Mobutu zu retten.«

»Und wer ist Mobutu?«, fügte Dr. Cooper hinzu. »Doch wohl bestimmt nicht unser etwas zwielichtiger Gastgeber auf der anderen Seite?«

Jay hatte schon einen Entschluss gefasst. »Ich gehe und frage Ontolo. Ich will diese Geschichte hören.«

Dr. Cooper nickte. »Und ich werde mit dem Häuptling ein Gespräch von Mann zu Mann führen und herausfinden, woher ihre Religion eigentlich kommt, woher ihre Geschichten und Traditionen stammen.«

»Wie die mit der Schlange«, sagte Lila.

Die anderen sahen sie neugierig an.

»Wisst ihr nicht mehr? Als Renyata dachte, Ontolo hätte Jays Bleistift gestohlen, sagte sie, Ontolo sei von der Schlange gebissen worden und deshalb hätte er Unrecht getan.«

Jays und Dr. Coopers Gesichter hellten sich auf, als sie sich daran erinnerten.

Und dann traf sie die mögliche Bedeutung dieses Ausdrucks wie ein Blitz.

»Oooooh Mann ...«, rief Lila.

»Wo ist Bengati?«, fragte Dr. Cooper und sprang auf.

Der Häuptling war bereit, sich am nächsten Morgen mit Jacob Cooper zu treffen. Als dieser ankam, saß der Häuptling vor seinem Haus und schnitzte sorgfältig einen zweiten Stab, diesmal für seinen Sohn.

»Der Stab meines Vaters erzählt die Geschichte unserer Familie in Bildern«, erklärte er durch Bengati. »Aber jetzt wird Ontolo wohl seinen eigenen Stab haben wollen, auf dem er seine eigenen Zeichen machen kann.«

Dr. Cooper und Bengati saßen mit Häuptling Gotono im Schatten des großen Baumes, um den sein Haus gebaut war. Sie waren nur zu dritt und der Häuptling wirkte recht entspannt. Dr. Cooper hoffte, dass dies ein guter Zeitpunkt war, um wichtige Fragen zu stellen. Sie begannen, sich mit Hilfe von Bengati zu unterhalten.

»Häuptling Gotono, ich hoffe, es geht Ihnen gut.«

»Es geht mir sehr gut, Dr. Cooper. Ich habe in kurzer Zeit über vieles nachdenken müssen. Sie haben recht. Ontolos seltsame Zeichen können Worte einfangen und für alle Zeit erhalten und sie können uns die Worte anderer Menschen bringen. Unser Gott hat beschlossen, auf viele Weisen zu uns zu sprechen, aber ich hätte nie gedacht, dass er durch die kleinen Zeichen sprechen würde, die mein Sohn erfunden hat.«

»Häuptling Gotono, können Sie mir sagen, wie Sie Ihren Gott kennen gelernt haben?«

Während er sprach, blickte der Häuptling nachdenklich auf den Stab, den er schnitzte, und Bengati übersetzte. »Einst lebte ein junger Mann, der viele Götter hatte. Seine Götter waren in der Sonne und im Mond, in den Bäumen und in den Ernten. Einige Götter halfen seinem Volk, Kinder zu gebären, und einige Götter nahmen die Kinder durch den Tod weg. Aber es gab zu viele Götter und sie waren zu klein und sprachen niemals. Sie sagten den Menschen nicht, was richtig und was falsch ist.

Deshalb wusste dieser junge Mann in seinem Herzen, dass es einen Gott geben musste, der alle Dinge gemacht hatte und alle Dinge gibt und der die Menschen lehren kann, wie sie leben sollten.«

Der Häuptling blickte zu den zerklüfteten Bergen, die sich über der Steppe erhoben, und seine Gedanken wanderten in die Vergangenheit. »Ich reiste in die Wüste und kniete im Sand und bat diesen großen Gott, sich mir zu zeigen. Und er sprach zu mir und sagte: ›Weil du mich von ganzem Herzen suchst, wirst du mich kennen lernen, denn ich werde mich dir im alltäglichen Leben zeigen.‹ Und so ist es gewesen.« Der Häuptling lächelte, aber seine Augen waren immer noch traurig. »Wir haben von unserem Gott gehört, aber wir warten immer noch darauf, seinen Namen zu hören, zu erfahren, wer er wirklich ist.«

Dr. Coopers Herz fühlte mit ihm mit. »Häuptling Gotono, es gibt ein wundervolles Buch, das Sie unbedingt sehen müssen.« Er presste seine Handflächen zusammen und öffnete sie wieder, als öffne er ein Buch. Er sah, dass der Häuptling diese Geste sofort wiedererkannte. »Es wird Ihnen den Namen Ihres Gottes sagen.«

Der Häuptling hob eine Hand. »Zuerst muss ich Ihnen einen Traum erzählen, den ich hatte. Aber Sie dürfen ihn niemandem weitererzählen.«

Dr. Cooper war einverstanden und hörte sich den Traum an.

Lila und Beset saßen zusammen im Gras vor dem Haus des Häuptlings und arbeiteten an einem Kopfschmuck, der noch schöner war als der erste.

»Beset …«

»Ja, Lila?«

»Erinnerst du dich, wie deine Mutter dachte, Ontolo hätte Jay einen Bleistift gestohlen?«

Beset legte den Kopf auf die Seite und sah Lila mit ihren großen, braunen Augen an. »Ja, was ist in deinen Gedanken?«

»Deine Mutter sagte, Ontolo sei von der Schlange gebissen worden. Was bedeutet das?«

Beset lächelte, nahm den Kopfschmuck von Lilas Kopf und sprach, während sie die Größe anpasste. »Es bedeutet, Ontolo hat Böses getan. Ontolo hat Bleistift nicht gestohlen. Aber meine Mutter wusste das nicht und so sagte sie, Ontolo gebissen von Schlange.« Sie sah Lila direkt an. »Ihr seid gut. Dein Vater, dein Bruder, sie gut. Aber viele Leute sind böse. Sie tun böse Dinge, sie sind nicht freundlich. Wir sagen, sie sind von der Schlange gebissen. Es ist eine Geschichte, die wir erzählen.«

Beset setzte Lila den Kopfschmuck wieder auf, um die Größe zu überprüfen. »Vor langer Zeit hatten wir alle dieselbe Mutter. Eines Tages sagen eine Schlange zu ihr: ›Komm zu meinem Baum. Ich gebe dir zu essen.‹ Aber sie sagt: ›Ich kann dein Essen nicht essen. Es wird mich töten.‹ Aber die Schlange sagen: ›Nein, wenn du die Früchte von meinem Baum isst, wirst du sehr klug werden und niemals sterben.‹ Also kommt sie zu dem Baum, um Essen zu bekommen. Aber die Schlange beißt sie. Sie vergiftet sie. Sie tut böse Dinge in sie hinein: Hass und Stehlen und böse Gedanken und Wut. Und dann sie stirbt.«

Sie nahm den Kopfschmuck ab. Jetzt stimmte die Größe und sie nahm mehr Garn, um es um das Stirnband herumzuweben. »Jetzt alle ihre Kinder haben dasselbe Gift. Sie tun böse Dinge, denken böse Dinge und sie sterben. Deshalb sagen wir, wenn jemand etwas Böses tut: ›Sie sind von der Schlange gebissen.‹«

Lila spürte, dass ihr Herz hämmerte und ihre Hände zitterten. Sie versuchte, sich zu entspannen, denn sie wollte nicht, dass sich Beset Sorgen machte. Aber dennoch zitterte ihre Stimme ein bisschen, als sie fragte: »Beset, woher habt ihr diese Geschichte?«

Beset zuckte mit den Schultern. »Es ist eine Geschichte, die wir erzählen. Und jetzt hat Ontolo die Geschichte mit seinen kleinen Zeichen auf Häute getan.«

»Wir haben auch so eine Geschichte. Sie –«

»Dad!« Der Schrei kam aus dem Waldstück, das hinter dem Dorf lag. Sie erkannten Jays Stimme und dieser klang, als sei er völlig außer sich. »Dad! Lila!«

Lila und Beset sprangen auf. Sie befürchteten etwas Schreckliches und rannten zum Waldrand. Dr. Cooper und Häuptling Gotono hatten Jays Schrei ebenfalls gehört und kamen auch herbeigelaufen.

»Dad!«, ertönte Jays Stimme erneut.

»Jay!«, antwortete Dr. Cooper. »Wo bist du?«

Sie hörten das Peitschen von Zweigen und das Stampfen von Füßen und schließlich sahen sie Jay und Ontolo wie zwei Wilde aus dem Wald laufen.

Jay entdeckte seinen Vater, raste zu ihm und umklammerte ihn. »Dad! Du wirst es nicht glauben!«

Dr. Cooper hielt in seinen Armen plötzlich einen völlig aufgeregten Sohn. »Bist du in Ordnung?«

»Du wirst es nicht glauben!«, schrie Jay erneut. »Da hinten im Wald!«

»Was?! Jay, beruhige dich!«

»Ontolo hat es mir gezeigt, er hat es mir erzählt und du wirst es niemals glauben!«

Der Häuptling befragte Ontolo, um herauszufinden, worum es bei diesem Tumult ginge. Ontolo war nicht annähernd so aufgeregt, aber es machte ihm einen riesigen Spaß zuzusehen, dass Jay total aus dem Häuschen war. Er begann, seinem Vater einige Erklärungen zu geben.

»Das musst du sehen, Dad!«, beharrte Jay und zog an seinem Vater. »Du wirst es nicht glauben!«

Dr. Cooper musste streng werden. »Was werde ich nicht glauben?«

Schließlich brachte es Jay heraus: »Den Mann im Baum!«

Dr. Cooper blickte sofort zum Häuptling hinüber und hoffte, eine Erklärung zu bekommen.

Aber inzwischen war der Häuptling durch seinen Sohn auf dem Laufenden und antwortete: »Ontolo!«

Dr. Cooper wusste nicht, was er davon halten sollte. Er stand einfach da und wartete auf weitere Erklärungen.

Jay war völlig schwindelig vor Aufregung. »Ontolo! Der Name ›Ontolo‹ bedeutet ›Mann im Baum‹! Ich dachte, es hieße ›Mann des Waldes‹ oder so, aber es bedeutet

›Mann im Baum‹!« Wieder zog er seinen Vater am Arm. »Komm schon! Du wirst es nicht glauben!«

Lila platzte fast vor Neugier. »Lasst uns gehen!«

»Wohin gehen wir?«, fragte Dr. Cooper, als er seinem Sohn folgte.

»Ontolo!«, sagte der Häuptling erneut und lachte. »Mann im Baum!«

Dr. Cooper sah sich suchend nach Bengati um und entdeckte ihn. Er ging gleich hinter ihnen. »Ich bin hier, Dr. Cooper. Keine Angst.«

Sie betraten den Wald und folgten einem ausgetretenen Pfad, der zwischen riesigen, knorrigen Bäumen entlang führte. Diese standen dort bereits seit Jahrhunderten und hatten dem Regen, der Dürre, dem Wind und der Sonne getrotzt.

Dr. Cooper fragte Bengati: »Was werden wir sehen?«

Bengati sah den Häuptling an. Dieser begann, eine Geschichte zu erzählen, und Bengati übersetzte. »Es war einmal ein junger Mann, der bei einem der Nachbarstämme ein Schwein stahl. Als die Krieger dieses Stammes versuchten, ihn zu jagen, kam er in diesen Wald und versteckte sich in einem Baum. Sie hätten ihn gefunden, wenn nicht ein Blitz einen Baum ganz in der Nähe getroffen hätte, einen großen Ast von dem Baum abbrach und eine Narbe im Baum hinterließ, die wie ein Mann aussah. Die Krieger sahen diesen Umriss und schossen ihre Pfeile darauf ab. Sie dachten, sie hätten den Dieb getötet, und so gingen sie fort.«

Das klingt wie die andere Geschichte des Häuptlings über den jungen Mann, dachte Dr. Cooper. »Und Sie waren dieser junge Mann, Häuptling Gotono?«

Der Häuptling lächelte und blieb bei einem riesigen Baum mit tief zerfurchter Rinde und dicken Ästen stehen. Mit einer weiten Handbewegung wies er auf den Pfad, der sich immer nur durch den Wald wand und zu den Bergen führte. »Ich war der junge Mann, der mit einem gestohlenen Schwein floh. Ich lief genau diesen Pfad entlang.« Er wies auf den riesigen Baum neben sich. »Und kletterte in genau diesen Baum. Dort ist der Ast, auf dem ich saß, als mich meine Verfolger suchten.«

Jetzt wurde der Häuptling sehr ernst und sein harter Blick forderte jedermanns Aufmerksamkeit. »Aber verstehen Sie, Dr. Cooper, dass unser Gott mich vor meinen Verfolgern rettete, als ich den Tod verdiente? Gott schickte einen Blitz vom Himmel und tat einen anderen Mann in einen Baum, um meine Strafe zu tragen.«

Der Häuptling wandte sich auf einen Nebenpfad, der durch die Büsche zu einem anderen Baum führte. Er war genauso groß und knorrig wie der erste Baum. Die anderen folgten ihn. Er blieb auf der von ihnen abgewandten Seite des Baumes stehen, blickte hinauf und wies nach oben. »Seit jener Nacht erinnert sich mein Volk an den Mann im Baum, der meine Strafe wegnahm, und zur Erinnerung daran habe ich meinem Sohn seinen Namen gegeben.«

Jay und Lila erreichten die Vorderseite des Baumes noch vor ihrem Vater. Dr. Cooper konnte sehen, dass Jay hinauf zeigte und Lila seinen Blicken folgte. Dann sah er, dass Lila bleich wurde und dass sich ihre Augen vor ehrfürchtigem Staunen weiteten – oder war es Angst?

Er ging um den Baum herum und schaute hinauf, um zu sehen, auf was der Häuptling zeigte.

Und dann erstarrte auch er. Ihm fehlten die Worte. Er konnte nur noch dort stehen, hinsehen und versuchen zu glauben, was er sah.

In etwa sieben Metern Höhe hatte ein Blitz an dem großen, knorrigen Baumstamm einen starken Ast abgesprengt und eine klaffende Wunde hinterlassen, an der Holz und Rinde weggerissen waren. Die Form der Narbe sah wie ein Mann aus: Die Rinde war so abgeschält, dass ein Körper und zwei Beine entstanden, und an der Stelle, an der zwei höher liegende Äste abgebrochen waren, sahen die Narben aus wie die ausgestreckten Arme eines Mannes. Direkt über den Armen bildete ein Knoten im Holz die Form eines herabhängenden Kopfes.

Der Mann im Baum schien dort aufgespießt zu sein und an seinen Armen zu hängen. Einige abgebrochene Pfeile, die vor langer Zeit von den Verfolgern des Häuptlings abgeschossen worden waren, steckten noch immer im Holz und ein Teil eines Speers war immer noch in die Seite des Mannes gebohrt.

9

»Der Mann im Baum …«, sagte Jay mit gedämpfter Stimme. »On-To-Lo.«

Dr. Cooper wiederholte die Worte des Häuptlings als Frage: »Gott schickte Ontolo, um Mobutu zu retten?«

Bengati fragte den Häuptling danach und der Häuptling nickte und antwortete durch seinen Übersetzer: »Mobutu war mein Name, als ich jung war, bevor ich Gotono der Häuptling wurde. In jener Nacht zeigte mir Gott meine Schuld und den Preis, den Schuld kosten kann. Aber er zahlte selbst diesen Preis und ließ mich am Leben, damit ich tun kann, was richtig ist. Er sprach zu mir und zeigt sich mir, genau, wie er gesagt hatte. Ich brachte das Schwein zu seinem Besitzer zurück und gab ihm noch zwei meiner Ziegen, um für meine Schuld zu zahlen. Ich habe seitdem nie wieder gestohlen und mein Volk hat gelernt, niemals zu stehlen. Durch Ontolo, den Mann im Baum, hat unser Gott gesprochen.«

»Genau wie bei der Frau und der Schlange«, meinte Lila und zupfte ihren Vater am Arm.

»Worum geht es da?«, fragte Dr. Cooper.

»Beset hat mir eine andere Geschichte erzählt. Hör dir das an.« Sie erzählte ihrem Vater und ihrem Bruder rasch die Geschichte.

Die beiden waren tief beeindruckt und überwältigt.

»Mann, oh Mann, oh Mann«, murmelte Jay.

»Ihr Gott hat gesprochen«, berichtete Dr. Cooper dem Häuptling mit leiser Stimme. »Ich muss Ihnen sagen, dass auch wir solche Geschichten von einer Frau und einer Schlange und besonders von einem Mann im Baum haben –« Plötzlich fühlten sich seine Beine schwach und zittrig an.

Auch Lilas Beine begannen zu zittern und sie verlor beinahe ihr Gleichgewicht.

Jay blickte auf den Boden, um zu sehen, ob sie auf eine unebene Stelle getreten war.

Dann hörten sie ein tiefes, unheilverkündendes Rumpeln. Die Äste der großen Bäume über ihnen begannen zu beben und die Zweige zitterten.

Der Häuptling rief etwas, als er, die Augen in den Himmel gerichtet, auf seine Knie fiel. Auch Bengati stürzte zu Boden, während er Gotonos Worte übersetzte: »Er spricht wieder! Unser Gott spricht wieder!«

»Der Stein!«, rief Dr. Cooper aus.

Sie begannen, den Pfad zurückzulaufen. Sie taumelten, schwankten hin und her, stützten sich an den Bäumen ab, während sich der Boden unter ihren Füßen ständig bewegte. Hier im Wald konnte man den Stein zwar nicht sehen, aber sie konnten das tiefe Rumpeln hören, das rings um sie herum widerhallte und an eine mächtige Lawine erinnerte.

Als sie schließlich unter den Bäumen hervortraten, trafen sie auf Dr. Henderson, die auf sie zuhumpelte. Sie benutzte einen langen Stock als Krücke und kämpfte darum, auf den Beinen zu bleiben. »Dr. Cooper, wo sind Sie gewesen? Der Stein erwacht!«

Wieder schwankte die Erde. Jacob Cooper rannte zu Dr. Henderson und fing sie gerade noch auf, bevor sie zu Boden fiel. »Haken Sie sich bei mir unter.«

Sie hielt sich an ihm fest und ließ den Stock fallen. Gemeinsam eilten sie den Pfad entlang, während die Erde unter ihren Füßen weiterhin bebte. Die Motosas liefen aus ihren Hütten den Pfad hinunter und durch ihr Dorf.

Aber Moment: Die Dorfbewohner liefen nicht voller Panik und Angst. Sie alle – Männer, Frauen und Kinder – eilten aus dem Dorf in die offene Steppe, wo sie sich wie erwartungsvolle Zuschauer versammelten, den Stein anstarrten, auf ihn zeigten, sich aufgeregt unterhielten, ja sogar beteten. Der Ausdruck auf ihren Gesichtern zeigte: Für sie war dieses Beben kein gefährliches Naturereignis – es war eine göttliche Offenbarung!

»Wir müssen hier raus«, keuchte Dr. Henderson und versuchte zu gehen. »Wir müssen beobachten, was er tut.«

Das Rumpeln ebbte allmählich ab und das Beben legte sich und wurde zu einem leichten Zittern. Als sie das Dorf erreichten, war die Erde wieder ruhig. Das Dorf war leer, aber es schien nichts beschädigt zu sein und augenscheinlich war niemand verletzt.

»Wir brauchen Ferngläser und die Vermessungsinstrumente«, rief Dr. Henderson. »Wir müssen jede Veränderung in Größe, Form und Position – einfach alles – festhalten.«

»Ich hole schnell meinen Rucksack«, erwiderte Lila und lief zu Jo-Jotas Haus zurück.

»Wir werden das Teleskop-Winkelmessgerät aus dem Flugzeug holen müssen«, warf Dr. Cooper ein.

»Los, machen wir, dass wir zum Stein kommen!«, sagte Dr. Henderson.

Die Motosas kamen nach und nach ins Dorf zurück. Für sie war alles vorüber.

»Gut, dass die Dorfbewohner zurückkommen«, meinte Dr. Henderson. »Das Ding ist instabil. Es könnte ein neues Beben verursachen, es könnte umkippen, einzelne Stücke könnten davon abbrechen ... Wir wissen gar nicht, was alles passieren könnte.«

»Wir werden hinausgehen und ihn untersuchen«, erklärte Dr. Cooper dem Häuptling. »Aber sagen Sie bitte Ihren Leuten, dass sie hierbleiben sollen. Möglicherweise ist es nicht sicher, zu dicht heranzugehen.«

Der Häuptling nickte und gab die entsprechende Anweisung. Die Motosas riefen ihren Nachzüglern etwas zu, die daraufhin zurückkamen. Dann wendete sich Häuptling Gotono auf Englisch an Dr. Cooper: »Aber ich werde kommen. Ich werde Stein sehen, Stein sprechen hören.«

Lila kehrte mit ihrem Rucksack zurück. »Hier ist die Ausrüstung. Habe ich irgendetwas verpasst?«

»Noch nicht«, entgegnete ihr Vater und nahm den Rucksack. »Aber ich glaube, wir werden ein Problem bekommen.« Er hatte den Ausdruck auf Ontolos und Besets Gesichtern gesehen, als sie sahen, dass Jay und Lila sich für einen Marsch durch die Wüste bereitmachten.

Ontolo begann, mit seinem Vater zu diskutieren. Dabei wies er auf Jay und Lila und es war nicht schwer zu erraten, worum es dabei ging.

»Ähm, Jay und Lila«, sagte Dr. Cooper, der dies auch beobachtet hatte, »ich muss euch um einen Gefallen bitten, der euch nicht leicht fallen wird, und ich hoffe, dass ihr mich versteht. Ihr wisst, dass ich euch ohne Zögern mitnehmen würde. Aber seht ihr, was für eine Situation sich hier entwickelt? Wenn ihr mit uns geht, wollen Ontolo und Beset auch mitgehen, und wenn sie gehen können, dann werden alle anderen Dorfbewohner der Meinung sein, dass man sie auch gehen lassen sollte, und am Ende werden wir ein riesiges Sicherheitsrisiko verursachen.«

Unwillkürlich ließen Jay und Lila vor Enttäuschung die Schultern hängen.

»Du hast wahrscheinlich Recht«, klagte Lila.

Jay musste erst kurz darüber nachdenken, rief dann aber Ontolo zu: »Ontolo, laß uns gehen. Zeig mir dein Spiel!«

Das gefiel Ontolo. Die vier Kinder liefen ins Dorf zurück, Jay und Lila vorneweg.

Dr. Henderson war beeindruckt. »Sie haben prima Kinder.«

Dr. Cooper nickte, als er ihnen nachblickte. »Die besten.« Er hob die Ausrüstung auf. »Wollen wir?«

Ontolo lief nach Hause und kam mit einem seltsamen, flaumigen Ball aus Ziegenfell zum Dorfplatz zurück. Er war nicht mit Luft aufgepumpt, sondern stattdessen mit Nuss-

Schalen gefüllt. Sobald Ontolo mit diesem Gerät über den Dorfplatz ging, kamen alle anderen Kinder herbeigelaufen, bereit, sich in Mannschaften aufzuteilen und ein Spiel zu beginnen. Lila wurde Ontolos Team zugewiesen, Jay dem anderen Team, dessen Mannschaftskapitän Suti war, ein Freund von Ontolo.

Beset, die am besten Englisch sprechen konnte, erklärte Jay und Lila die Regeln und schritt die Spielfeldgrenzen auf dem Dorfplatz ab. »Jay schießt Ball in diese Richtung ... Lila schießt Ball in diese Richtung ...« Das Spiel schien eine Kombination aus Fußball und Basketball zu sein: Der Ball wurde mit den Füßen bewegt, aber mit der Hand in ein quadratisches Ziel geworfen, sobald der Spieler nahe genug war.

Ontolos Mannschaft warf den Ball von der Seitenlinie ins Feld und das Spiel begann. Jay und Lila hatten beide bereits sowohl Fußball als auch Basketball gespielt und so konnten sie sich sofort ins Spiel stürzen und den Ball in Bewegung halten. Die Motosakinder verstanden kein Englisch, aber sie erkannten sehr wohl ein gutes Spiel. Es dauerte nicht lange und Jay und Lila waren voll als gleichwertige Mitspieler akzeptiert und als Jay den ersten Punkt machte, war seine Mannschaft bereit, ihn zum Ehren-Motosa zu machen.

Weit draußen, dort, wo die Grassteppe in Wüste überging, konnten Dr. Henderson und Dr. Cooper sehen, dass um den Stein herum Bewegung war. Eine feine Staubwolke, die noch von dem Beben herrührte, hing noch über dem Wüstenboden und hoch oben über dem Stein wurden losgeschüttelte Eispartikel in zarten Wolkenfetzen vom Wind weggetragen.

Dr. Henderson sah sich durch das Fernglas die obere Kante des Steins an. »Ich möchte es ja nicht glauben, aber an der oberen Kante könnte eine Ausdehnung stattgefunden haben.«

Sie reichte Dr. Cooper das Fernglas und dieser überprüfte ihre Feststellung. Beinahe zwei Meilen über ihnen hatte die scharfe Felskante eine weiße, eisige Umrandung. In dem Eis waren große Risse erschienen, so, als habe sich die Kante ausgedehnt. »Ich verstehe, was Sie meinen.« Dann gab er ihr das Fernglas zurück und lenkte ihre Aufmerksamkeit auf die nordwestliche Ecke des Steins. »Und wenn mich meine Augen nicht täuschen, hat sich dort am Stein ein neuer Erdwall aufgehäuft.«

Sie konnte an der vollen Länge des Steins frisch aufgeschüttete Erde sehen, genau wie Erde, die sich vor der Schaufel eines Bulldozers angehäuft hat. »Meine Güte! Er wächst. Und doch … im Stein selbst sind keine Risse zu erkennen, nur im Eis und in der Erde um die Basis herum.«

Sie reichte Häuptling Gotono und Bengati das Fernglas, die es als »die großen Augen« bezeichneten. Sie hatten Dr. Coopers und Dr. Hendersons Unterhaltung mitgehört und Bengati konnte dem Häuptling erklären, was geschah. Der Häuptling nickte, als er es selbst sah.

»Wir werden das Teleskop-Winkelmessgerät aus dem Flugzeug holen und ein paar Messungen durchführen«, erklärte Dr. Cooper. »Lasst uns ein Dreieck abschreiten und triangulieren und sehen, ob das, was wir glauben, tatsächlich passiert ist.« Mit der Hilfe von Häuptling Gotono und Bengati begannen Dr. Cooper und Dr. Henderson, die neuen Ausmaße des Steins zu messen.

In diesem Augenblick stahlen sich hoch über den Felsklippen, die sich an das nördliche Ende des Steins pressten, drei

Gestalten vorsichtig über die Felsen, bis sie ein Versteck in einem tiefen Riss gefunden hatten. Es waren raue, kampfgestählte Kundschafter von Idi Nkromos Armee. Sie trugen Tarnanzüge und waren mit Gewehren, Pistolen und Messern bewaffnet. Sie waren gewandert und geklettert und hatten diese Berge einen Tag und eine Nacht lang erkundet und versucht, eine Route über die Berge und um den Stein herum zu finden. Schließlich wurden ihre Anstrengungen belohnt. Von diesem Aussichtspunkt aus konnten sie die gesamte Wüste überblicken, die sich auf der westlichen Seite des Steins befand. Durch ihre Ferngläser entdeckten sie Dr. Cooper und Dr. Henderson, die mit zwei Männern vom Dorf der Motosas zusammen standen – vier winzige Gestalten in der kahlen Landschaft. Sie murmelten einander Siegesworte zu und begannen, Pläne zu schmieden.

Dr. Cooper kritzelte ein paar Berechnungen auf seinen Schreibblock, sah zur Kontrolle noch einmal durch das Winkelmessgerät und überflog dann erneut die Zahlen. »Also, die Zahlen bestätigen, was wir gesehen haben: Der Stein ist um circa 73 Meter gewachsen, und zwar sowohl in die Höhe als auch in die Breite.«

»Und trotzdem hat er seine Form nicht im geringsten verändert«, sagte Dr. Henderson nachdenklich. Dr. Cooper blickte den Stein lange an, dachte angestrengt nach und kam dann zu einer Schlussfolgerung, die ihm Kopfzerbrechen bereitete. »Der Stein ist nicht real – jedenfalls nicht im normalen, materiellen Sinne, oder?«

Dr. Henderson dachte über diese Frage nach und schüttelte dann den Kopf. »Er ist da. Man kann ihn beobachten und allem Anschein nach ist er materiell. Er ist so hart wie ein Diamant, vielleicht sogar noch härter. Er bebt und verdrängt die Erde. Und trotzdem haben Sie vollkommen Recht: Er hat definitiv etwas Unreales an sich.« Sie sah ihn an und er konnte die Angst in ihren Augen sehen. »Ich glaube, was ich zu sagen versuche, ist: Er ist nicht von dieser Welt.«

Der Dorfplatz hatte noch nie einen solchen Tumult erlebt. Die beiden hellhäutigen Kinder hatten sich als grimmige Kämpfer entpuppt, die sehr gut mit ihren Füßen waren, und ihr Geschick und ihre Entschlossenheit ließen die anderen umso härter spielen. Sie liebten jede Minute dieses Spiels. Die Erwachsenen waren fasziniert und amüsiert von dem Anblick und begannen, sich auf den Veranden am Rand des Spielfeldes zu versammeln und ihre Mannschaften anzufeuern. Beset hatte einen Punkt für Sutis Team gemacht, aber Lila machte das sofort wieder wett, indem sie den Ball, der vom Kopf eines anderen Spielers abgeprallt war, auffing und durch das Tor warf. Das war der Ausgleich. Es stand 3:3.

Suti holte den Ball für seine Mannschaft wieder ins Spielfeld und überall gingen die Arme hoch, um seinen Wurf abzublocken. Jay flitzte an die Seitenlinie, wo er frei stand, und Suti schoss ihm den Ball zu.

Abgeblockt! Ein riesengroßer Jungen lenkte den Ball mit seiner Hand ab und dieser flog auf eines der Häuser zu. Lila war am dichtesten dran und rannte hinter ihm her. Sie hoffte, ihn noch zu erwischen, bevor er im Aus war.

Zu spät. Der Ball rollte über die Linie, hüpfte durch eine Schar Hühner, die auseinander liefen und -flatterten, und rollte dann unter ein Haus. Lila ließ sich auf ihre Hände und Knie fallen, schob das Gras beiseite und blickte in die dunklen Nischen und Winkel unter dem grasbedeckten Gebäude. Sie sah den Ball neben einem großen Eckpfeiler liegen, der das Haus stützte, und kroch eilig auf allen Vieren näher. Ja, da war der Ball. Er lag beinahe versteckt hinter dem großen rechteckigen Stein, der dem Pfosten als Fundament diente.

Sie streckte die Hand nach dem Ball aus. Er war nur ein wenig zu weit entfernt. Sie reckte sich noch mehr – und hielt dann inne.

Die Kinder wollten unbedingt weiterspielen. Sie konnte hören, wie sie mit den Füßen scharrten und warteten.

Aber ihre Gedanken und Augen waren jetzt nicht mehr bei dem verlorenen Ball. Sie wandte den Kopf und sah ein zweites Mal hin.

Ein großer, rechteckiger, rötlicher Stein …

Jetzt riefen die Kinder nach ihr. Sie konnte hören, wie Beset rief: »Beeil dich! Beeil dich!«

Sie schob mit ihrer Hand das Gras beiseite. Der Stein war behauen, bearbeitet und gemeißelt – und zwar in eine rechteckige Form. Er war –

So plötzlich, dass sie sich erschreckte, brach ein Sonnenstrahl durch das Gras und den Schatten, erhellte die Seite des Fundamentsteins und ließ ihn funkeln. Sie drehte rasch ihren Kopf und sah nach Osten.

Direkt über den Hausdächern, durch die Blätter der Baumwipfel hindurch, sah sie die Sonne, die wie ein feuriger Sonnenaufgang über die Oberkante des Steins in der Wüste schaute. Ein dünner Lichtstrahl bohrte sich durch die Bäume und suchte sich ausgerechnet jenen kleinen Stein gleich neben ihr aus.

»Jay«, rief sie. Ihre Stimme klang vor Angst, Aufregung, Staunen, Schock und Verwunderung ganz erstickt. Sie rief noch einmal: »Jay!« und dann schrie sie es schon beinahe: »JAY!«

Ihr Bruder kam herbeigerannt und befürchtete, sie habe sich verletzt, sei von einer Schlange oder einer Spinne gebissen worden, habe sich ein Bein gebrochen oder stecke unter dem Haus fest. »Was ist? Bist du in Ordnung?«

»Jay …« Inzwischen keuchte sie vor Aufregung, erhob sich auf ihre Knie und wies auf den Eckstein. »Jay, sieh dir das an!«

Jays Augen folgten ihrer ausgestreckten Hand und er erblickte den Eckstein. Er verstand zunächst nicht, was sie meinte.

Und dann verstand er. Er legte den Kopf zur Seite und sah noch einmal hin. Seine Augen folgten dem Sonnenstrahl von dem kleinen Eckstein zur Sonne, die sich jetzt über dem Stein in der Wüste erhob. Bruchstücke, Gedanken, Ideen vereinten sich in seinem Kopf zu einem Ganzen.

Lila hatte bereits mehrere Dinge zusammengesetzt. »Es ist ein Eckstein, Jay! Er trägt das Haus!«

Inzwischen waren Ontolo und Beset gekommen, um nachzusehen, was die Aufregung verursachte. »Lila ist verletzt?«, fragte Beset.

Lila beantwortete die Frage nicht, sondern stellte ihnen sofort selbst eine Frage. »Haben alle Häuser Steine wie diesen?«

Ontolo sah Beset an, die diese Frage so gut sie konnte übersetzte. Aber keiner von beiden schien sich sicher zu sein, dass sie Lila richtig verstanden hatten.

Lila rappelte sich hoch, um selbst nachzusehen. Sie lief um das Haus herum zur hinteren Ecke, schob das Gras beiseite und fand einen weiteren rötlichen, rechteckigen Stein, der genau wie der erste ausah. Jay folgte ihr und schon bald entdeckten sie, dass nicht nur dieses Haus, sondern beinahe jedes Haus auf denselben rötlichen, rechteckigen Steinen errichtet war.

»Ontolo«, sagte Jay, dessen Stimme vor Aufregung zitterte, »Ontolo, warum?«

Ontolos Gesicht zeigte, was er dachte: Warum was?

»Beset.« Jay winkte ihr dringend. »Beset, warum sind die Häuser auf diese Steine gebaut?«

Sie verstand die Frage, zuckte jedoch mit den Schultern, als sei dies unwichtig. »Häuser … bleiben stark. Häuser versinken nicht.«

Lila und Jay tauschten aufgeregte Blicke aus.

»Ich glaube, ich hole besser Dad«, sagte Lila mit zitternder Stimme.

Jay stimmte zu. »Ich glaube, du hast Recht.«

Lila rannte los, über den Dorfplatz, aus dem Dorf hinaus und über die Steppe.

Lila war kaum verschwunden, als es ein Rascheln und Reden in der Menschenmenge gab und als Jay aufblickte, sah er den Häuptling und Bengati, die zusammen mit Dr. Cooper und Dr. Henderson aus einer anderen Richtung zurückkehrten.

»Dad!«, rief er aufgeregt.

Dr. Cooper und seine drei Begleiter bemerkten, dass etwas in der Luft lag. Der Häuptling fragte sofort: »Was hier geschehen?«

Jay winkte ihnen und wies dann auf den Eckstein, den Lila freigelegt hatte. »Bengati, warum sind all die Häuser auf diese Steine gebaut?«

Der Häuptling und Bengati lachten beide leise, so, als hätten sie gerade eine dumme Frage gehört. Bengati antwortete: »Um zu verhindern, dass die Häuser im Boden versinken. Vor langer Zeit hat es viel geregnet und dann wurde der Boden weich, die Häuser sackten ab und die Stützpfeiler verrotteten. Also lernten wir, sie auf diese Steine zu bauen.«

»Aber …«, das war nicht die Antwort, die Jay hören wollte. »Aber jedes Haus ist so gebaut. Ich meine, ist das eine weitere mündliche Überlieferung?«

Bengati übersetzte für den Häuptling, der erklärte, während sein Begleiter übersetzte: »Ja. Es ist etwas, das uns unsere Vorfahren gelehrt haben. Die Steine sind wie unser Gott, versteht ihr? Unser Gott ist wie ein fester Stein unter unseren Füßen, der uns vorm Sinken bewahrt. Wenn ich auf dem großen Stein in unserer Versammlungshalle stehe und wenn wir unsere Häuser so bauen, dann zeigt uns das, wie wir unser Leben auf Gott bauen müssen.«

Jay wies auf den Eckstein: »Warum sind sie rechteckig gehauen?«

Bengati und der Häuptling tauschten erneut fragende Blicke aus und dann versuchte Bengati, eine Antwort zu formulieren: »Damit sie nicht wegrollen. Damit sie hier bleiben und sich nicht bewegen.«

Dr. Cooper sah bereits nach Osten, als Jay weiterfuhr: »Schau, Dad! Sieh dir den Stein an! Er ist herausgebrochen und behauen wie die Ecksteine. Er ist rechteckig, ganz eben und massiv und er rollt nicht weg.«

Jacob Cooper verstand nun ebenfalls. »Der weise Mann …«, murmelte er, als er den riesigen Stein in der Wüste ansah und dann die kleinen Ecksteine. »Matthäusevangelium, siebtes Kapitel: ›Wer meine Worte hört und danach handelt, der ist klug. Man kann ihn mit einem Mann vergleichen, der sein Haus auf felsigen Grund baut. Wenn ein Wolkenbruch niedergeht, das Hochwasser steigt und der Sturm am Haus rüttelt, wird es trotzdem nicht einstürzen, weil es auf Felsengrund gebaut ist.‹«

Bengati übersetzte diese Worte für den Häuptling und dieser nickte: »Ja«, ließ er durch Bengati sagen, »das ist unsere Überlieferung.«

Dr. Coopers Stimme war leise vor Ehrfurcht. »In gewisser Weise spricht der Stein bereits!«

10

Der Häuptling und Bengati traten näher, während Dr. Cooper seinen Hut abnahm, sich nervös mit den Fingern durch das blonde Haar fuhr und mit seinen Augen Löcher in den Boden bohrte. Jacob Cooper dachte nach, legte dar, löste Rätsel, war überwältigt von den Gedanken, die ihm wie ein Strom durch den Kopf gingen.

»Der Stein«, murmelte er, »ein Stolperstein, ein Stein des Anstoßes … Zeichen in der Wüste …« Dann erstarrte er plötzlich wie von einer Kugel getroffen – in Wirklichkeit war es ein weiterer Gedanke, der ihn traf, allerdings mit der Wucht einer Kugel. »Wasser aus dem Felsen! Wasser aus dem Felsen – natürlich!«

Dr. Cooper kramte sein Notizbuch und einen Stift hervor und begann, seine Gedanken aufzuschreiben, noch während er sie aussprach – größtenteils für sich selbst, aber auch für Dr. Henderson und Jay. »Gott sprach in der Bibel auf verschiedene Weise: Er benutzte Gegenstandslektionen wie …« Er schrieb etwas nieder. »… die Stiftshütte in der Wüste … die eherne Schlange, die Mose auf einem hohen Pfahl befestigte … das Opferlamm und Abraham, der beinahe seinen Sohn Isaak opferte … das Passahfest, bevor die Hebräer Ägypten verließen … Jona, der drei Tage und drei Nächte im Bauch des Fisches war … den Stein, aus dem Wasser hervorsprudelte, als Mose ihn schlug!«

»Ich verstehe nicht ganz«, sagte Dr. Henderson.

Dr. Cooper wurde aufgeregt. »Diese Menschen haben Gott gesucht. Ihr Häuptling ging in die Wüste und bat Gott, sich ihm zu zeigen, und jetzt bin ich davon überzeugt, dass Gott dieses Gebet beantwortet hat. Er hat sich diesen Menschen gezeigt.«

»Genau«, pflichtete ihm Jay bei.

»Er hat in Symbolen, Geschichten, Gegenstandslektionen gesprochen: die Geschichte von der Frau und der

Schlange, der Bericht vom Stammeshäuptling, der sein Volk hierher brachte und an den Felsen schlug, der Wasser hervorbrachte, der Mann im Baum, die Steine, auf die sie ihre Häuser bauen, und jetzt …« Dr. Cooper ging mehrere Schritte über den Dorfplatz und streckte seine Hand zu dem riesigen, berggleichen Stein aus, der wie ein Wächter über dem Dorf aufragte. »Der Stein in der Wüste! Der größte und mächtigste aller Steine! Ein Stolperstein, ein Stein des Anstoßes …«

»Wie bitte?«, rief Dr. Henderson aus. »Würde es Ihnen etwas ausmachen, das für mich zu entschlüsseln?«

Jacob Cooper wurde geradezu triumphierend, als ihm weitere Schriftstellen einfielen. »Erinnern Sie sich daran, wie Jesus die alttestamentliche Stelle über den Stein, den die Bauleute abgelehnt hatten und der der Eckstein wurde, zitierte? Jesus bezog sich damit auf sich selbst. Er nannte sich selbst den Eckstein, den Stein, auf den wir unseren Glauben, ja unser Leben bauen!«

»Aber für die, die nicht glauben«, erinnerte sich Jay, »würde er ein Stolperstein und ein Stein des Anstoßes sein. Die Leute würden sich nur über ihn aufregen.«

»Wie seine Exzellenz Nkromo und sein Trupp auf der anderen Seite«, sagte Dr. Cooper mit einem Augenzwinkern.

Bengati übersetzte alles, was Jacob Cooper sagte. Die Menschen auf dem Dorfplatz hörten alles mit an und waren wie gebannt. Das Ballspiel war vergessen. Die Kinder, ihre Eltern und alle Krieger und Arbeiter kamen näher und wollten mehr hören.

Jetzt wandte sich Dr. Cooper an die Motosas und sagte: »Leute, ich glaube, ihr habt Recht mit dem Stein. Ich glaube, euer Gott hat ihn geschickt.«

Dr. Henderson lachte leise durch die Nase. »Na, genau das hätten Sie ihnen schon die ganze Zeit sagen sollen.«

»Denn euer Gott ist auch mein Gott.«

Überrascht drehte sie sich zu ihm um. »Aber holla, nun machen Sie mal halblang!«

Dr. Cooper sprach weiter und Bengati übersetzte. »Euer Gott hat durch Geschichten und Überlieferungen zu euch gesprochen«, erklärte er, »und durch den Mann im Baum. Jetzt spricht er durch diesen mächtigen Stein, den er geschickt hat!« Dr. Cooper dachte an eine weitere Schriftstelle. »In der Bibel …« Er dachte, es sei besser zu erklären, was die Bibel sei. »Ähm, Gottes Worte, die aufgeschriebenen wurden, damit alle sie lesen können –«

Der Häuptling strahlte und machte die Handbewegung des Buchöffnens. »Mein Traum, Dr. Cooper. Denken Sie an meinen Traum!«

Daraufhin war Dr. Cooper so begeistert, dass er anfing, zu predigen. »Die Worte Gottes sagen, dass der Stein für die, die glauben, kostbar ist, aber dass er von denen, die nicht glauben, gehasst und abgelehnt wird. Nun, wir haben uns immer gefragt, warum ihr niemals Angst vor dem Stein hattet, während die Menschen, die im Osten wohnen, schreckliche Angst haben. Jetzt verstehen wir, warum. Niemand muss sich vor dem Stein fürchten, wenn er den Retter kennt, den dieser Stein repräsentiert. Häuptling Gotono, wir kennen diesen Retter! Wir kennen seinen Namen! Er ist –«

Genau in diesem Augenblick hörten alle einen fernen Schrei, der aus der Wüste kam.

»Was war das?«, fragte Dr. Henderson beunruhigt.

Dr. Cooper erkannte die Stimme seiner Tochter. »Lila!« Er sah sich sofort um, um sich zu vergewissern, ob sie wirklich nicht da war.

Jay wurde plötzlich klar, dass er Lila vergessen hatte. »Oh Mann, bei all der Aufregung habe ich das ganz vergessen! Sie ist in die Wüste gegangen, um euch zu suchen!«

»Was?«

»Sie sah diesen Stein unter dem Haus und begriff die Verbindung zu dem großen Stein und dann lief sie los, um es dir zu sagen und …«

»Ist sie immer noch da draußen?«

Auch Häuptling Gotono hatte den Schrei gehört. »Lila, Ihr Mädchen?«

»Ja!«

Der Häuptling rief seinen Leuten diese Information zu und sofort gab es ein aufgeregtes, besorgtes Stimmengewirr. Einige der Kinder wollten sofort in die Wüste laufen, um Lila zu suchen, aber sie wurden von besorgten Eltern zurückgehalten. Mehrere Krieger, die für diese Aufgabe besser geeignet waren, liefen und holten ihre Speere.

»Wir gehen«, erklärte der Häuptling. »Wir finden das Mädchen Lila!«

Dr. Henderson schnappte sich den Stock, den sie als Spazierstock benutzt hatte. »Und ich gehe auch.«

Dr. Cooper, Jay, Dr. Henderson, Häuptling Bengati und sechs Krieger eilten aus dem Dorf und über die Steppe, riefen Lilas Namen, verteilten sich, liefen auf die Wüste zu.

Häuptling Gotono schickte seine Krieger in verschiedene Himmelsrichtungen, einige nach Süden, andere nach Norden in die Grasebene und einige direkt in die Wüste. Dann liefen er, Bengati, Dr. Cooper und Jay direkt auf den Stein zu und riefen Lilas Namen. Dr. Henderson folgte, so schnell sie konnte.

Sie kamen zu der Stelle, an der Dr. Cooper und die anderen den Theodolit aufgestellt und die Messungen und Berechnungen vorgenommen hatten. Dies war die Stelle, an die Lila höchst wahrscheinlich gekommen war, als sie nach ihnen gesucht hatte. Aber sie war nirgends zu finden.

Der Häuptling rief mit einer Stimme, die kraftvoll wie eine Schiffssirene war: »LILA!«

Der Stein warf das Echo mit unglaublicher Klarheit zurück: »LILA!«

Sie durchquerten die Steppe, während Krieger die Suche nördlich und südlich von ihnen fortsetzten, und drangen dann weiter in die Wüste vor. In der sandigen Landschaft lagen Felsblöcke von der Größe von Häusern und Autos verstreut, so, als seien sie vom Himmel gefallen. Die Nachmittagssonne brannte heiß und die Wüste ähnelte einem Backofen. Sie würden es hier draußen nicht lange ohne Schutz aushalten – aber Lila musste es genauso gehen.

Sie verteilten sich: der Häuptling zur Rechten, Bengati zur Linken, die Coopers und Dr. Henderson geradeaus. Das Gelände wurde rauher, felsiger. Dr. Cooper, Jay und Dr. Henderson mussten jetzt über riesige Felsformationen klettern oder sich einen Weg um sie herum suchen.

Als sie am Grund einer felsigen Senke angekommen waren, blieb Dr. Cooper stehen. »Sie wäre bei ihrer Suche nach uns nicht hier entlang gegangen. Sie wusste, dass wir Vermessungen vornahmen, und das kann man von hier aus nicht.«

Sie begannen, zurückzugehen.

Drei Soldaten mit schussbereiten Gewehren sprangen plötzlich hinter den Felsen vor und versperrten ihnen den Weg. Es geschah so schnell, dass sie völlig überrascht waren und Dr. Henderson beinahe die Balance verlor.

Sie hörten von allen Seiten das Geräusch von Schritten und sahen noch mehr Soldaten, mindestens zwanzig, die hinter den Steinen hervorsprangen und ihre Gewehre auf sie richteten. Sie waren umzingelt und es gab keine Möglichkeit zu entkommen.

Sie hoben ihre Hände und ergaben sich. Die Soldaten eilten herbei, riefen Anweisungen, die sie nicht verstehen konnten, ergriffen sie, durchsuchten sie nach Waffen, behandelten sie roh.

Dr. Cooper versuchte, die Situation zu erklären. »Ich bin Dr. Jacob Cooper und –«

Ein Offizier hob den Arm, als wolle er ihn schlagen.

Dr. Cooper schloss den Mund und sagte nichts mehr.

Die Soldaten stießen sie mit ihren Gewehren und zwangen sie, vorwärts zu gehen, und so begannen sie die gefährliche Reise durch die gefährlichen und heimtückischen Berge, die sich gegen die Nordseite des Steins pressten.

Die erzwungene Wanderung um den Stein und hinunter in die Wüste dauerte mehrere schreckliche Stunden. Von den Stößen der Soldaten angetrieben, folgten Dr. Cooper, Jay und Dr. Henderson einem gewundenen, kaum erkennbaren Pfad, dessen Biegungen durch die Felsformationen und Felsbrocken führten, steile Felshänge hinauf, über kahle Felsvorsprünge, die so heiß wie eine Bratpfanne waren, und über schmale Kanten, auf denen kaum genug Platz zum Gehen war. Wenn Dr. Henderson zurückblieb, wurde sie von den Soldaten halb getragen und halb gezogen, um sie zu zwingen, Schritt zu halten.

Immer im gleichen Tempo quälten sie sich mühsam aus den Bergen hinunter in die flache Wüste auf der anderen Seite des Steins. Ihre Füße und Knöchel schmerzten, ihre Körper waren erschöpft und ihre Kehlen so trocken, dass sie förmlich nach Wasser schrien.

Dann kam ein Anblick, den alle drei erwartet hatten. Direkt vor ihnen, zwischen den großen verstreut liegenden Felsen, hatte Idi Nkromos Armee ihr Lager im Schatten des Steins aufgeschlagen. Der Befehlshaber musste wohl eine neue Kühnheit entwickelt haben, um sich so dicht heranzuwagen.

Sie betraten das Lager, gingen vorbei an den getarnten Zelten, die dieselbe Farbe hatten wie die Wüste. Die Soldaten reinigten nervös ihre Gewehre, schärften ihre Messer und beobachteten mit harten, kalten Gesichtern, wie sie vorübergingen. Alle Lastkraftwagen, Panzer und Kanonen Nkromos waren da, in einer Reihe aufgestellt und nach Westen ausgerichtet, und das Wartungspersonal lief hektisch zwischen ihnen herum wie Ameisen in einem Ameisenhügel, in dem jemand herumgestochert hat. Spannung lag in der Luft, so stark, dass sie an eine zu stark aufgezogene Uhr erinnerte. Und Angst. Den Coopers fiel auf, wie häufig die Soldaten nach Westen schauten, um zu sehen, was der Stein womöglich tun könnte.

Sie erreichten die Mitte des Lagers und standen vor einem besonders großen Zelt. An den farbigen Bannern, mit denen die Vorderseite behängt war, dem Begrenzungsseil, das rings um das Zelt gespannt war, und den Wachen, die davor standen, konnte man leicht erkennen, dass dies das Zelt Seiner Exzellenz, Feldmarschall Idi Nkromos, war.

»Dad!«, war eine hochwillkommene Stimme zu hören.

Dr. Coopers Herz schlug aufgeregt, als er Lila sah. Es ging ihr gut, sie wurde jedoch von einer anderen Schar Soldaten bewacht. Die Soldaten gaben sie frei und ließen sie zu ihrem Vater und ihrem Bruder laufen und sie umarmte sie mit Tränen in den Augen. »Ich ging hinaus, um euch zu suchen, und dann packten sie mich. Ich dachte, ich würde euch nie wiedersehen!«

»Ist in Ordnung, Schwester«, sagte Jay. »Jetzt sind wir zusammen, ganz gleich, was noch geschieht!«

Ein Ruf und der Klang von Trommeln ertönte. Jeder Soldat, der nicht mit den Gefangenen beschäftigt war, sprang in Habachtstellung und aller Augen richteten sich auf das Zelt des Feldmarschalls. Die Zelttür klappte auf. Einige Wachen traten heraus und nahmen auf beiden Seiten ihre Plätze ein. Dann, so großartig und eindrucksvoll wie möglich, trat Seine Exzellenz aus dem Zelt. Er trug einen Kampfanzug, einen Helm von der Größe eines Kessels, einen Säbel in einer Scheide und mehrere Pfund Orden. Er war äußerst unzufrieden und starrte die Gefangenen wütend und mit großen runden Augen an, während er auf sie zustampfte.

»Na ja …«, sagte Jacob Cooper, der direkt hinter Nkromo den Staatsminister Mobutu entdeckte hatte. Auch er war mit einem Kampfanzug, Goldtressen und Orden herausgeputzt.

Nkromo blieb abrupt dicht vor ihnen stehen und setzte beide Füße mit einem genau geplanten, militärischen Stampfen auf. Mobutu marschierte rasch herbei und blieb neben seinem Vorgesetzten stehen. Er wirkte ein wenig zittrig und schien Dr. Coopers Blick auszuweichen.

»So treffen wir uns also wieder, Dr. Cooper!«, grollte Nkromo. »Sie und ihre Bande von Dieben, Verrätern und Spionen! Wie konnten Sie es wagen, mit meinem Flugzeug aus dem Land zu fliehen!«

»Wie bitte?«, ereiferte sich Dr. Henderson. »Das ist der größte Unsinn, den ich jemals gehört habe! Wir sind von einem Sturm erfasst worden und abgestürzt. Beinahe wären wir getötet worden!«

Nkromo zog eine Augenbraue hoch. »Nach allem, was ich sehe, geht es Ihnen recht gut.«

Jennifer Henderson streckte ihr verletztes Bein vor. »Klar doch, ich laufe ja schließlich immer mit einer Krücke!«

Dr. Cooper sah Mobutu in die Augen. »Mr. Mobutu, Sie haben ihm doch wohl gesagt, dass Sie uns das Flugzeug gegeben haben, oder?«

Mobutu behielt eine aufrechte, militärische Haltung bei, als er sagte: »Wenn Seine Exzellenz sagt, dass Sie das Flugzeug gestohlen haben, dann haben Sie es gestohlen.«

Dr. Henderson wollte Mobutu einige auserlesene Worte an den Kopf werfen, aber noch bevor irgendjemand etwas sagen konnte, donnerte der Präsident: »Sie sind Verräter!

Sie wurden in dieses Land geholt, um den Stein zu beseitigen, und was tun Sie? Sie fliehen in einem gestohlenen Regierungsflugzeug und verkehren mit dem Feind!«

»Dem Feind?«, wiederholte Dr. Cooper verständnislos.

Mobutu trat vor, blickte zu seinem Vorgesetzten, um sich zu vergewissern, dass er sprechen durfte, und antwortet dann: »Sie haben mit den Feinden Seiner Exzellenz, den Motosas, verkehrt.«

Jacob Cooper war entsetzt. »Das können Sie nicht ernst meinen! Die Motosas sollen Ihre Feinde sein? Sie führen gegen niemanden Böses im Schilde! Sie sollten stolz sein, dass es in Ihrem Volk so gute Bürger gibt!«

Die zwei Wachen, die rechts und links von Nkromo standen, hoben drohend ihre Gewehre. Mobutu hielt seine Hand hoch, um sie zurückzuhalten, und entgegnete dann warnend: »Dr. Cooper, bitte, bedenken Sie, mit wem Sie sprechen, und achten Sie auf Ihre Worte.«

Dr. Cooper beruhigte sich mit großer Mühe und sagte dann leise, beinahe schon geheimnistuerisch: »Mr. Mobutu, was genau geht hier vor?«

Mobutu schüttelte bedauernd den Kopf. »Ich habe Sie davor gewarnt, das Land der Motosas zu betreten.«

Jay schoss wütend zurück: »Ja, Sie sagten, sie wären Kannibalen und Kopfjäger!«

Mobutu hob die Hand, um sie um Geduld zu bitten. »Ich hoffte, das sei genug, um Sie von ihnen fernzuhalten. Ich wusste, dass es Ihr sicherer Tod wäre, mit ihnen gesehen zu werden.«

Dr. Cooper achtete auf die Wahl seiner Worte, als er erklärte: »Mr. Mobutu, wirklich, wir hatten keine andere Möglichkeit! Wir gerieten in einen Sturm und mussten landen!«

»Seine Exzellenz sieht das ganz anders«, erwiderte Mobutu. »Seine Armeekundschafter sahen, wie Sie sich mit

Häuptling Gotono berieten, und sie sahen, wie Ihre Kinder mit den Motosakindern spielten.«

Dr. Cooper seufzte. »Wir wussten nicht, dass die Motosas die Feinde Ihrer Exzellenz sind. Wir sahen auch absolut keinen Grund, warum sie das sein sollten.« Und dann fügte er mit Nachdruck hinzu: »Und den sehen wir auch jetzt noch nicht!«

Mobutu spielte weiter seine Rolle als Staatsminister der Republik von Togwana. Er stand aufrecht vor ihnen und seine Stimme klang offiziell. Trotzdem zitterten seine Hände, als er sprach, und die Gefühle, die er zu verbergen versuchte, ließen seine Stimme ein wenig beben. »Seine Exzellenz hat viel getan, um unsere Nation von unerwünschten Personen und Rebellengruppen zu säubern, damit wir eine Nation unter Nkromo sein können. Die Motosas …« Er musste schlucken. »Die Motosas wurden für unerwünscht erklärt und müssen eliminiert werden.«

Lila schnappte ungläubig nach Luft. »Nein, das können Sie nicht tun!«

Mobutu versuchte zu klären. »Die Motosas haben einen besonderen Glauben, den die, ähm, Republik von Togwana nicht dulden kann.«

»Den Nkromo nicht dulden kann«, flüsterte Jay Lila zu.

Mobutu kam näher und senkte seine Stimme, so, als sage er ihnen etwas Vertrauliches. »Erst vor wenigen Wochen wollte Seine Exzellenz einen Vernichtungskrieg gegen sie beginnen. Er und seine Armeen waren bereit, sie alle zu töten, ihr Dorf zu verbrennen und jede Erinnerung an sie auszulöschen …«

»… bis der Stein erschien«, beendete Dr. Cooper den Satz.

Mobutu nickte. »Er versperrte seinen Weg, pflanzte Angst in die Herzen seiner Soldaten, machte seine Pläne zunichte. Er konnte die Motosas nicht erreichen. Seine

Kanonen konnten den Stein nicht beseitigen und auch seine Medizinmänner waren nicht dazu in der Lage. Deshalb haben wir nach Ihnen geschickt.«

Dieser Gedanke beleidigte Dr. Cooper. »Sie wollten, dass wir den Stein entfernen, damit Sie ein friedliches Volk angreifen und töten können? Sie müssen verrückt sein! Selbst wenn ich den Stein bewegen könnte, hätte ich niemals –«

Mobutus Hand schoss warnend in die Höhe. »Sagen Sie es nicht, Doktor. Ihr Leben hängt an einem seidenen Faden.«

»Ihr seid Spione!«, brüllte Nkromo und wies mit seinem großen, fetten Finger auf sie. »Ihr ergreift Partei für den Feind!«

Dr. Cooper nahm sich den Bruchteil einer Sekunde Zeit, um die Anspannung in Nkromos Gesicht und das nervöse Zittern seiner Hände wahrzunehmen. Der Tyrann war nicht so mutig, wie er ihnen weismachen wollte. Dr. Cooper sprach klar und bedächtig und wählte seine Worte so, dass sie den größtmöglichen Eindruck machten. »Wir haben viel über den Stein erfahren, falls Ihre Exzellenz interessiert sein sollte.«

Nkromo starrte den Stein an und versuchte, nicht zu interessiert zu wirken. Aber er konnte sie nicht täuschen. »Was haben Sie in Erfahrung gebracht?«

»Wir haben entdeckt, dass er herausgemeißelt wurde, aber nicht von Menschenhänden. Der Stein ist nicht von dieser Welt, Eure Exzellenz.« Dr. Cooper machte eine kurze Pause, überlegte und brachte dann seine Pointe. »Wir sind zu dem Schluss gekommen, dass er nur von dem Gott entfernt werden kann, der ihn dort hingestellt hat.«

»Dem Gott, der –« Nkromos Augen sahen aus, als würden sie gleich aus ihren Höhlen treten, und er ballte vor Wut die Fäuste. »Sie wagen es, zu mir von Gott zu sprechen? Idi Nkromo ist Gott in Togwana!«

Dr. Henderson murmelte Dr. Cooper zu: »Ihre diplomatische Begabung ist geradezu unglaublich.«

Nkromo ging mehrere Schritte auf Dr. Cooper zu und sah ihm in die Augen. »Gott kann Idi Nkromo nicht aufhalten! Idi Nkromo hat keine Angst!«

Dr. Cooper hielt ihm stand. Er zuckte nicht zurück und wich dem Blick des rücksichtslosen Tyrannen nicht aus, sondern beendete seinen Gedanken. »Wir sind zu dem Schluss gekommen, Eure Exzellenz, dass jeder, der den Stein herausfordert, Gott herausfordert!« Dr. Cooper konnte aus dem Augenwinkel Mobutu sehen und merkte, dass seine Worte bei dem Staatsminister nicht auf taube Ohren stießen. Gut.

Was Nkromo anging, so sah er nur einen kurzen Augenblick fassungslos aus, sprach dann aber trotzig: »Wir können um den Stein herumgehen! Wir werden um Gott herumgehen!« Nkromos Augen schossen in alle Richtungen und sahen die Soldaten an, die ihn aufmerksam beobachteten. »Ich habe Soldaten ausgesandt und sie haben einen Weg gefunden und deshalb werden wir gehen. Die Lastwagen, Panzer und Kanonen können nicht gehen, aber meine Männer!« Er machte eine kurze Pause und sah sich auf dem Appellplatz um. Dr. Cooper merkte, dass Feldmarschall Nkromo seinen Truppen etwas vorspielte. Er mimte den mutigen Heerführer. »Und deshalb schadet Ihr Gott den Motosas, nicht Idi Nkromo! Ohne die Panzer und Kanonen werden die Motosas nicht schnell sterben.« Nkromo war von dem Gedanken so angetan, dass sogar seine Wut nachließ. Er schrie mehr den Truppen als Dr. Cooper zu: »Die Motosas werden leiden, bevor sie sterben!«

Die Soldaten hoben ihre Gewehre und jubelten ihm zu.

Mobutu schreckte zurück.

Dr. Cooper warf einen Blick auf den Stein, der jetzt als hohe Silhouette in der Nachmittagssonne über ihnen aufragte, kalt und still – zumindest im Augenblick. »Mr. Nkromo, aufgrund der Forschungsdaten, die wir haben, bin ich nicht sicher, ob Gott den Stein nur deshalb dort hingestellt hat, um Ihnen den Weg zu versperren und die Motosas zu schützen. Es könnte sein, dass er ihn dorthin getan hat, um die Motosas – und Sie – eine Lektion zu lehren.«

»Ihr Gott wird mich nichts lehren!« Nkromo schnippte mit den Fingern und die Soldaten, die sie bewachten, begannen, sie vorwärts zu stoßen und zu zerren, hin zu einem großen Felsen am anderen Ende des Feldlagers. »Ich werde Sie etwas lehren! Sie sind Spione und Spione werden bei uns erschossen!« Auf einen Wink von Nkromo hin traten zehn Männer seiner Leibwache mit entsicherten Gewehren vor.

Lila, Jay, Dr. Cooper und Dr. Henderson wurden mit vorgehaltenem Gewehr gegen den großen Felsen gedrängt. Der Trupp von zehn Soldaten stellte sich nur etwa zehn Meter vor ihnen in einer exakten, geraden Reihe und in Habachtstellung auf, Gewehr bei Fuß, und wartete auf den Schießbefehl.

Nkromo trat vor, bereit, diesen Befehl zu erteilen, aber zunächst holte er tief Luft und setzte ein falsches, gnädiges Lächeln auf. »Dr. Cooper, ich bin gnädig und möchte, dass Sie am Leben bleiben. Möchten Sie weiterleben?«

Jacob Cooper merkte, dass eine Art Handel auf ihn zukam, und zögerte mit der Antwort.

Dr. Henderson reagierte sofort. Sie hob sogar ihre Hand. »Sie können mit mir rechnen!«

Nkromo streckte ihr seine Hand entgegen, die Handflächen nach oben gerichtet. »Dann beseitigen Sie den Stein und ich werde wissen, dass Sie meine Freunde sind! Ich werde Sie am Leben lassen.« Er zuckte mit den Schultern. »Wenn Sie ihn nicht wegräumen, werden Sie sterben.«

Dr. Henderson seufzte und ihre Schultern sanken herab.

Dr. Cooper blieb fest. »Eure Exzellenz, ich gebe Ihnen den dringenden Rat, mir zuzuhören. Die Macht, die hinter dem Stein steht, ist größer, als irgendjemand von uns auch nur ansatzweise verstehen kann –«

»Achtung…«, rief Nkromo. Die zehn Schützen hoben ihre Gewehre, bereit abzudrücken.

11

»Da haben Sie uns ja was Schönes eingebrockt!«, stöhnte Dr. Henderson.

Lila berührte die Hand ihres Bruders. »Ich liebe dich, Bruderherz.«

Er erwiderte ihren Blick und lächelte. »Ich liebe dich auch, Schwesterchen.«

Aber dann kam ihr ein Gedanke, ein Gefühl. »Warte mal einen Moment.« Sie legte ihre Stirn in Falten, als sie darüber nachdachte. »Es wird etwas geschehen!«

»Legt an …«, schrie Nkromo.

Dr. Cooper konnte direkt in die Mündungen von zehn Gewehren blicken, als er rief: »Eure Exzellenz! Sie haben uns beauftragt, den Stein zu untersuchen, und ich bin mit meinem Bericht noch nicht fertig!«

Das Wort »Feuer« lag Nkromo auf den Lippen, aber er sagte es nicht. Stattdessen blickte er Dr. Cooper in die Augen und hob dann die Hand, um die Schützen zurückzuhalten. Sie entspannten sich und hielten ihre Gewehre vor der Brust. Nkromo trat ungeduldig vor. »Was noch?«

Dr. Cooper sah zum Stein, dann zurück zu Nkromo und mit sorgfältig platzierten gelegentlichen Blicken zu Mobutu. »Sie sollten wissen, dass der Gott, der den Stein dort hingestellt hat, nicht nur der Gott der Motosas ist. Er ist der Gott aller Menschen, vor dem sich alle Menschen – selbst Sie, Mr. Nkromo – beugen müssen, jetzt oder später. Der Stein ist ein Zeichen, eine Botschaft von ihm und unsere schriftlichen Daten besagen …« Dr. Cooper zitierte eine Schriftstelle aus dem Gedächtnis: »›Jeder, der auf diesen Stein fällt, wird zerschellen; auf wen der Stein aber fällt, den wird er zermalmen.‹« Nkromo begann, höhnisch zu lächeln, aber Dr. Cooper ließ ihn damit nicht durchkommen. »Wir haben sorgfältige Messungen vorgenommen, Mr. Nkromo! Der Stein wächst, sogar jetzt, während ich spreche! Nach den, ähm, schriftlichen Daten besteht die starke Wahrscheinlichkeit, dass der Stein so lange wachsen wird, bis er Sie überrennt. Er wird Sie zu Boden schlagen, Sie und Ihre ganze Armee, und Sie werden weggewischt werden, so dass es keine Spur mehr von Ihnen gibt, wenn Sie nicht umdenken und den Gott ehren, der durch den Stein spricht!«

Nkromo hörte das und dachte darüber nach. Seine Augen starrten erst Dr. Cooper und dann den Stein an. Er atmete mühsam und seine Hände zitterten. Er versuchte, stark und unbeeindruckt zu wirken, aber Dr. Cooper konnte die Angst in seinen Augen sehen. Schließlich sprach Nkromo mit zusammengebissenen Zähnen. »Dr. Cooper, ich sehe nicht, dass etwas geschieht.«

»Nun«, versuchte Dr. Henderson ihn zu beschwichtigen, »man kann die Daten unterschiedlich interpretieren –«

»Sie werden es sehen!«, beharrte Dr. Cooper.

Nkromo zwang sich zu einem Lächeln. »Wann?«

Dr. Cooper blickte nur einen kurzen Moment zum Himmel auf und antwortete dann kühn: »Jetzt!«

Nkromo trat einen Schritt zurück, als erwarte er, dass etwas geschah. Alle Soldaten blickten mit großen, ängstlichen Augen auf den Stein. Die zehn Männer des Erschießungskommandos gerieten in Unordnung. Sie tuschelten miteinander und ließen ihre Gewehre nach unten hängen. Mobutu lehnte sich mit dem Rücken gegen einen Armeelastwagen und sah aus, als solle er erschossen werden.

Dr. Henderson murmelte: »Jacob Cooper, fast hoffe ich, dass Sie Recht haben.«

Ein langer, spannungsgeladener Augenblick verging.

Aber nichts geschah.

Nkromo begann zu lächeln und dann lachte er. Er trat rasch zurück und gab erneut seinen Befehl: »Fertig!«

»Netter Versuch«, sagte Dr. Henderson.

»Ich glaube immer noch, dass etwas geschehen wird!«, entgegnete Lila entschlossen.

Die Wachen hoben wieder ihre Gewehre, obwohl einige von ihnen scheinbar ein wenig zögerten.

»Mr. Mobutu!«, rief Dr. Cooper. »Sie kennen den Gott der Motosas! Sie wissen, dass der Stein von Gott stammt, sonst hätten Sie nicht einen Mann Gottes hergeholt!« Mobutu war zu verängstigt, um zu antworten. »Wenn Sie sich jetzt auf Nkromos Seite stellen, werden Sie zusammen mit ihm umkommen!«

Mobutu stand einfach nur da, starr vor Angst.

»Legt an!«, rief Nkromo und hob seine Hand zum Signal und wieder blickten die Coopers und Dr. Henderson direkt in die langen Gewehrläufe. Nkromo wirkte jetzt anmaßend. Er behielt seine Hand oben, um den Augenblick in die Länge zu ziehen. »Vielleicht möchten Sie beten, Dr. Cooper – falls Sie glauben, dass Ihr Gott Sie erhört!«

Dr. Cooper seufzte und nahm Jays Hand, der seine Hand nach Lila ausstreckte. Dann spürte er zu seiner Überraschung, dass Dr. Henderson seine andere Hand ergriff. Er blickte sich zu ihr um und sie erklärte einfach: »Ich bin dabei.«

Er lächelte und richtete seine Augen zum Himmel. Eine Schriftstelle kam ihm in den Sinn und er zitierte sie. »Denn er birgt mich in seinem Haus am Tage des Unheils; er beschirmt mich im Schutz seines Zeltes, er hebt mich auf einen Felsen empor.‹«

Nkromo ließ seine Hand fallen. »FEUER!«

Jay und Lila konnten sich nicht daran erinnern, hingefallen zu sein. Sie merkten nur plötzlich, dass sie im Sand lagen und sich beim Fallen etwas weh getan hatten, und sie fragten sich, wo die Kugeln sie getroffen hatten. Sie konnten ihren Vater sehen, der im Sand rollte und die Hand nach Dr. Henderson ausstreckte, die laut schrie und sich vor

Schmerz krümmte. Die Gewehre waren abgefeuert worden; die Schüsse dröhnten ihnen noch in den Ohren.

Aber dann bemerkten sie etwas wirklich Seltsames: Die Soldaten des Erschießungskommandos lagen auch alle auf dem Boden. Selbst Nkromo rollte und zappelte im Sand, versuchte, wieder aufzustehen, wieder auf die Füße zu kommen. Er bekam einen Tobsuchtsanfall und schrie seine Soldaten an.

Und es waren nicht nur Nkromo und sein Erschießungskommando; die ganze Armee lag am Boden, rief, schrie, zappelte und bemühte sich verzweifelt, wieder auf die Beine zu kommen.

Jay sah zu Lila hinüber. »Es ist etwas passiert!«

Sie nickte als Antwort und begann zu grinsen.

Sie kämpften sich auf die Füße und untersuchten sich nach Wunden, fanden aber keine. Das Erschießungskommando hatte sie verfehlt. Jeder war umgeworfen worden.

Als die Erde erneut mächtig bebte, wurden sie wieder umgeworfen. Nkromos Männer fielen ebenfalls zu Boden. Ihre Waffen klapperten und sie stießen gequälte Angstschreie aus. Die Erde war zum Leben erwacht. Sie bebte und donnerte und der Klang dieses Donnerns schien von überall herzukommen. Er stieg aus dem Boden nach oben, dröhnte in ihren Ohren, schüttelte die Laster und Panzer und Kanonen und ließ die kleineren Felsen tanzen. In der ganzen Armee brach das Chaos aus.

»Mr. Mobutu!«, hörten sie ihren Vater rufen. Sie konnten ihn auf seinen Knien sehen. Mit einer Hand stützte er sich auf und mit der anderen wies er auf Mobutu. »Wem wollen Sie dienen? Entscheiden Sie sich jetzt!«

Mobutu lag auf seiner Seite, versuchte, sich auf einen Ellenbogen aufzurichten, und blickte umher, als werde er Zeuge des Weltuntergangs. Sein Mund stand offen wie zu einem Schrei, aber die Angst hatte ihm die Stimme geraubt.

Nkromo schaffte es aufzustehen und torkelte wie ein Betrunkener herum, den langen, silbernen Säbel in der Hand, während die Erde unter ihm schlingerte und sich bewegte. Er wedelte mit dem Säbel zu den Coopers und Dr. Henderson hinüber und begann, seinem Erschießungskommando zuzuschreien: »FEUER! FEUER!« Die zehn Männer sammelten sich wieder. Sie hielten sich aneinander fest, um sich zu stützen, als sie mühsam wieder aufstanden und ihre Gewehre in Position brachten, um den Befehl auszuführen.

»Mr. Mobutu!«, schrie Dr. Cooper. »Wählen Sie!«

Mobutu kam endlich wieder auf die Beine. Er ging leicht in die Knie und streckte seine Arme aus, um das Gleichgewicht zu halten, während er entsetzt das Chaos um sich herum betrachtete.

»FEUER!«, schrie Nkromo wieder und erneut versuchten die Soldaten, mit ihren Gewehren auf die Coopers und Dr. Henderson zu zielen. Bei all dem Beben und Donnern zitterten und wackelten die Gewehrläufe. Die Soldaten konnten kaum aufrecht stehen.

»Mobutu!«, rief Dr. Cooper noch einmal.

Von Westen kam ein Geräusch wie von einer Lawine, wie Donner, wie der Ausbruch eines Vulkans. Es wurde stärker und ließ den bebenden Boden noch mehr erzittern.

Mobutu sah nach Westen zum Stein.

Und dann entschied er sich.

Er rief dem Erschießungskommando etwas zu. Zwei der Soldaten sahen zu ihm hin. Er gab ihnen einen Befehl und sie traten sofort aus der Reihe und richteten ihre Gewehre auf ihre Kameraden! Die übrigen acht sahen die beiden an, schauten dann auf den Stein und kamen sehr schnell zu einem Entschluss. Sie ließen ihre Gewehre fallen und flohen. Die beiden Soldaten kamen mit erhobenen Gewehren näher, um die Coopers und Dr. Henderson zu beschützen. Sie ließen niemanden in ihre Nähe kommen.

Jay und Lila standen auf und taumelten auf ihren Vater zu, der ebenfalls stand und Dr. Henderson vom Boden aufhalf.

»Dad! Diese beiden Soldaten!«, rief Lila.

Dr. Cooper lächelte. Gleichzeitig hielt er Dr. Henderson fest und half ihr, das Gleichgewicht zu wahren. »Ich weiß. Bernard und Walter, Mobutus zwei Gehilfen! Ich dachte mir schon, ich hätte sie wiedererkannt.«

Mobutu lief ruckartig und in einem Zickzackkurs und kam schließlich bei ihnen an. »Der Gott der Motosas!«, schrie er und wies nach Westen. »Sie haben Recht! Er bringt Vernichtung über uns!«

Sie blickten alle nach Westen und sahen etwas, das ihr Verstand nicht begreifen konnte. Der Stein sah höher aus als je zuvor und jetzt konnten sie erkennen, dass die Oberkante langsam wie ein ungeheuer großes Schiff auf dem Ozean zu schwanken begann. Er wogte nach links, dann nach rechts, wuchs, dehnte sich aus, erfüllte den Himmel mit Meter um Meter dunkler, steiniger Fläche. Ausgegraben und vorwärts geschoben von der steilen, flachen Vorderseite des Steins, entstand entlang der gesamten Basis eine Flutwelle aus Felsen, Staub und Sand, die sich höher und höher auftürmte, ins Rollen kam und auf sie zustürzte.

»Er wächst!«, schrie Dr. Henderson und schüttelte in äußerstem Erstaunen den Kopf. »Er wächst mit einer sagenhaften Geschwindigkeit!«

»Er wächst und er bewegt sich«, sagte Dr. Cooper. »Er kommt auf uns zu.«

Mobutu rief Bernard und Walter etwas zu und die beiden liefen sofort weg, um einen Auftrag auszuführen. »Sie werden uns ein Fahrzeug bringen! Wir müssen fliehen, um unser Leben zu retten!«

Nkromos Armee hatte sich bereits entschlossen, genau das zu tun. Obwohl Nkromo mit seinem Säbel wedelte und schreiend alle zu Ordnung und Disziplin rief, blickten eintausend Soldaten nach Westen und sahen etwas, das größer und viel beängstigender war als Idi Nkromo.

Sie ließen ihre Gewehre fallen – einige zerrten sich sogar die Stiefel von den Füßen, um schneller laufen zu können – und begannen, das Lager zu verlassen und durch die Wüste zu fliehen. Diejenigen, die am dichtesten bei den Lastwagen und Panzern waren, sprangen hinein und starteten sie, während Scharen von Soldaten über die Fahrzeuge herfielen wie Fliegen über rohes Fleisch. Die Motoren heulten auf und die Räder und Panzerketten wirbelten Staub auf, als die olivgrünen Fahrzeuge durch das Lager donnerten, Zelte platt walzten, durch sie hindurchfuhren, Tische und Ausrüstung zerbrachen und alles, das ihnen bei ihrer Flucht im Weg war, niederwalzten.

»Los, lasst uns nicht einfach hier herumstehen!«, schrie Dr. Henderson und zeigte auf den Stein.

Dieser war schneller geworden und kam ihnen bedrohlich näher, schneller und schneller. Er bewegte sich über die Wüste wie die Hand Gottes selbst, schrammte Berge von Erde vor sich auf und rumpelte wie eine Million Güterzüge.

Bernard und Walter kamen laufend und taumelnd zurück. Sie brachten schlechte Nachrichten. Mobutu gab den anderen ihren Bericht weiter: »Es sind keine Fahrzeuge mehr übrig! Wir werden zu Fuß fliehen müssen!«

Dr. Henderson zerrte an Dr. Coopers Arm und versuchte, ihn nach Osten zu ziehen. »Nun kommen Sie schon, laufen wir!«

»Nein«, sagte Dr. Cooper und sah auf die herannahende Wand und die rollende, stürzende Erdwoge davor. »Nicht in diese Richtung.«

»Was!?«

Er zog Jay und Lila dichter zu sich. »Wir werden auf ihn zulaufen. Wir laufen zu dem Stein!«

»Zu dem Stein?«, keuchte Mobutu.

Dr. Henderson konnte sehen, wie der Stein immer noch näher kam, schneller, als ein Mensch laufen konnte. Sie konnte auch sehen, wie die Armee floh, Staubwolken hinter ihren Rädern, Ketten und Füßen zurückließ und einen großen Vorsprung bekam. »Cooper, Sie sind verrückt! Sie haben den Verstand verloren!«

»Nein, er hat Recht«, erwiderte Jay. »Alles, was er über den Stein gesagt hat, erfüllt sich! Der Stein ist von Gott gesandt!«

»Wie kannst du das glauben?«, kreischte Dr. Henderson.

»Sehen Sie doch einfach hin«, sagte Dr. Cooper.

Sie sah natürlich bereits hin. Der Wüstenboden wurde vor dem Stein, der immer näher kam, wie ein riesiger Teppich aufgerissen und aufgerollt. Große Felsformationen – einige mehr als hundert Meter hoch – wurden wie Glasflaschen zerschlagen und in kleine Stücke aufgelöst. Ihre pulverisierten Teile flogen mehrere hundert Meter durch die Luft und ihre Zerstörung klang, als explodierten Bomben.

»Auch ohne Ihr schlimmes Knie könnten Sie nicht schnell genug laufen«, argumentierte Dr. Cooper. »Keiner von uns könnte das und wir sind mit Sicherheit nicht schnell genug, um ihn zu umrunden.«

»Dann sind wir so gut wie tot …«, jammerte sie.

»Nicht, wenn …« Mobutu war immer noch zu Tode erschrocken, aber er begann zu verstehen, was Dr. Cooper meinte. »Nicht, wenn Gott gnädig ist.«

»Er ist gnädig«, sagte Dr. Cooper.

»Oh ja, natürlich!«, entgegnete Dr. Henderson ironisch und beobachtete, wie der Stein die Wüste vernichtete.

Lila ergriff ihren Arm. »Dr. Henderson, der Stein stellt Jesus dar! Wenn Sie wirklich leben wollen, dürfen Sie nicht vor ihm weglaufen – Sie müssen zu ihm hinlaufen!«

Dr. Henderson sah erst Lila an, dann den Stein, dann die fliehende Armee, die immer noch lief, dann Dr. Cooper und schließlich stand sie da und rang um eine Entscheidung.

BUMM! Eine weitere Felsformation von der Größe eines Wolkenkratzers explodierte zu Staub.

Dr. Hendersons Widerstand ließ nach. Sie schüttelte den Kopf und platzte dann schließlich heraus: »Schon gut, schon gut!«

»So ist's gut!«, sagte Dr. Cooper.

Bernard und Walter benötigten keine Anweisungen von Mobutu. Sie kamen einfach zu Dr. Henderson, bildeten mit ihren Armen einen Sitz und hoben sie hoch. Dann brachen die Coopers, Mobutu, Dr. Henderson und Bernard und Walter auf durch die Wüste. Sie gingen direkt auf den Stein zu, ohne nach rechts oder links auszuweichen.

Es war kein leichtes Gehen. Die Erde zitterte und bebte immer noch unter ihren Füßen, brachte sie aus dem Gleichgewicht, schwankte von einer Seite zur anderen. Sie konnten sich nur in dem verzweifelten Versuch, auf den Beinen zu bleiben, aneinander festhalten und einen gefährlichen, riskanten Schritt nach dem anderen machen.

Der Wüstenboden war keine Hilfe. Durch die Erschütterung schien sich der Sand oft zu verflüssigen, wenn er sich über ihren Füßen schloss. Sie mussten immer wieder losen Steinen ausweichen, die rollten, tanzten und auf dem Boden herumkullerten, als wären sie lebendige Wesen. Die Luft wurde braun vor Staub, der ihnen in die Gesichter stach und ihre Nasen verstopfte. Sie konnten den Staub selbst zwischen ihren Zähnen spüren.

Ein unerwarteter heftiger Ruck zur Seite warf sie alle zu Boden und Dr. Henderson schrie vor Angst und Schmerz auf. Bernard und Walter hoben sie wieder hoch und alle gingen weiter.

KRACHBUUMM! Eine hohe, schwankende Steinsäule gab nach und fiel direkt vor ihnen wie ein großer Baum zu Boden. Sie sprangen zurück, schützten ihren Kopf, während Sand und Steine auf sie herunterregneten. Dann gingen sie weiter und suchten sich einen Weg durch die Trümmer.

Die Oberkante des Steins verdeckte den halben Himmel und schien die Welt in zwei Hälften zu teilen. Die rollenden, fallenden Erdmassen vor dem Stein waren auf die Größe einer kleinen Bergkette angewachsen und das Dröhnen, das die herabfallende Erde, der Sand und die Steine verursachten, war so laut, dass man nichts anderes mehr hören konnte.

Glaube, dachte Lila und beobachtete den berghohen Haufen Erde, der auf sie zukam. Dies muss Glaube sein.

»Herr«, betete Dr. Cooper, wobei das Donnern des herannahenden Steins seine Stimme übertönte, »nimm uns an. Schütze uns, ich bitte dich!«

»Gott«, sagte Dr. Henderson und fragte sich, was für ein Gefühl es wohl sei, wenn eine Kubikmeile Erde auf sie herniederginge, »bring uns hier durch oder nimm ein Gewehr und erschieße mich!«

Alles, was sie sehen konnten, waren der Stein, die schwankende Erde, die herumfliegenden Trümmer und der Himmel, der jetzt braun war vom Staub. Und sie konnten den Strom schmutziger, staubiger Luft spüren, die von der immensen, flachen Vorderseite des Steins vorangetrieben wurde.

Wieder schwankte die Erde und sie fielen auf den sandigen Boden. Als sie aufblickten, sahen sie, dass sich die Oberkante des Steins jetzt direkt über ihnen vorwärtsbewegte. Sie befanden sich in einem Trommelfeuer kleiner Felsstücke und Sand. Es waren die ersten Partikel von Trümmern, die aus dem Erdberg, den der Stein vor sich herschob, herausflogen.

Das war's!, dachte Dr. Cooper. In wenigen Sekunden würden sie unter einem rollenden Trümmerberg begraben liegen.

Sie spürten, dass das Beben der Erde aufhörte.

Sie sahen sich um. So weit sie sehen konnten, bebte die Wüste; sie bewegte sich, zitterte unter einem kochenden Schleier aus Staub.

Aber unter ihren am Boden liegenden Körpern schien die Erde absolut fest, absolut ruhig zu sein. Sie sahen einander an. Ihre Blicke fragten: Was ist los?

Jay war der Erste, der glaubte, seine Augen würden ihn täuschen. Er blinzelte, blickte in mehrere Richtungen, blinzelte erneut, versuchte, sich zu vergewissern, ob er wirklich sah, dass rings um sie herum die Wüste nach unten wegfiel. »Hee …«

»Halte dich fest«, rief Dr. Cooper. »Beweg dich nicht!«

Sie alle fühlten sich, als ob sie in einem Aufzug nach oben führen. Und dann bestätigten ihnen ihre Augen, dass der braune Staubmantel über dem Wüstenboden nach unten verschwand. Sie stiegen über ihn empor wie ein Flugzeug, das durch die Wolken hinauffliegt in den klaren, blauen Himmel.

Lilas Hand fühlte nur leeren Raum. Sie sah hin, schrie dann entsetzt und erstaunt auf und klammerte sich an die Erde, die unter ihr blieb. Direkt neben der Stelle, auf der sie lag, ging es steil nach unten. Schmutz und Sand bewegten sich immer noch und fielen über die Kante. Dr. Cooper hielt sie fest und dann hielten sie sich alle gegenseitig fest, als sie erkannten, dass die jähe Kante rings um sie herum verlief.

Sie ruhten auf einer Plattform, einem seltsam geformten Stück Wüstenboden, das sich höher und höher erhob, und zwar gerade noch rechtzeitig. Mit einem donnernden Tosen und einer wogenden Staubwolke fiel direkt neben ihnen der massive Haufen Erde und aufgerissener Wüste in Kaskaden nach unten. Er stürzte und fiel wie die Niagarafälle aus Erde. Seltsamerweise verspürten sie kein Beben, kein Zittern, keine Gefahr. Es war, als ständen sie hoch oben über allem auf einer sicheren Aussichtsplattform.

Schließlich konnten sie sehen, was geschah. Ein großer Felsarm, ein Auswuchs des Steins, hatte sich unter ihnen erhoben und hob sie samt dem Wüstenboden, auf dem sie lagen, nach oben. Gerade in diesem Augenblick zog er sie zum Felsen, wurde kürzer, bis sie dicht an der glatten Vorderseite des Steins waren, wo er einen breiten, sicheren Vorsprung bildete. Sie spürten, wie der Wind rings um sie herum stürmte. Der Stein trug sie wie Passagiere, hielt sie auf einem sicheren Vorsprung hoch über der Zerstörung wie auf seinem Schoß, während er weiter wuchs, vorwärtsglitt, die Wüste aufriss.

Dr. Cooper war von Ehrfurcht ergriffen, als er über die Kante lugte und die unglaubliche Verheerung betrachtete. »… er beschirmt mich im Schutz seines Zeltes«, sagte er staunend. »… er hebt mich auf einen Felsen empor.«

Lila quietschte vor Freude. »Ich wusste es! Ich wusste, dass Gott sich um uns kümmern würde!«

Jay genoss die Fahrt seines Lebens. »Ist es das, was man ›Fels der Zeiten‹ nennt?«

Dr. Henderson schüttelte ihren Kopf. Sie war völlig verwirrt, schockiert, von Ehrfurcht ergriffen. »Also, ich komme mit euch einfach nicht mit!«

»Glauben Sie jetzt?«, rief Lila über den Lärm hinweg.

Dr. Henderson sah über die steile Kante auf das Chaos hinunter. Sie fuhren – oder war es fliegen? – mehrere hundert Meter hoch über die Wüste hinweg. Der Wind umwehte sie, die Erde kochte, bebte, taumelte und dröhnte unter ihnen. Es war, als hätten sie einen bequemen Logenplatz, von dem aus sie das Ende der Welt beobachten konnten – oder ihre Erschaffung. »Das ist … das ist unglaublich!«, stammelte sie und fuhr nach einem kurzen Zögern fort: »Aber ich glaube es!«

Westlich des Steins, auf der anderen Seite der weiten Steppe, stützten sich Häuptling Gotono und alle Motosas gegen die alten Bäume, die ihr Dorf schützten, und beobachteten in heiligem Staunen, wie sich der Berg Gottes bewegte. Er glitt, polterte, grub sich einen Weg weg von ihnen. Der Boden unter ihnen bebte und grollte, aber es war nichts Gefährliches daran. Kein einziger Motosa, weder jung noch alt, wurde vermisst und jedes Haus war sicher auf Grundsteine aus Felsen gebaut. Den Menschen würde nichts passieren und ihre Häuser würden stehen bleiben.

Mehrere Motosas fielen voller Ehrfurcht auf die Knie und schrien zu Gott, er möge sie verstehen lassen. Viele kamen zum Häuptling und fragten ihn, was all das bedeute, aber er sagte ihnen nur, sie sollten weiter zusehen und beten. Das Verstehen würde, so sagte er, später kommen. Gott sprach wieder und sie würden seine Botschaft schon bald verstehen.

Aber was war das für ein neues Geräusch? Erst ein Rieseln, dann ein Plätschern und dann ein Strömen … wie von einem Fluss!

Der Häuptling sah genau in dem Augenblick zu seinen Füßen hinunter, als das Wasser seine Zehen zu umspülen begann. Es war kühl und braun von dem Schwemmsand, den es auf seinem Weg durch die Grassteppe mitgenommen hatte, aber es war Wasser! Er schrie auf, aber nicht vor Angst, sondern vor unbändiger Freude. Dann begann er, die anderen herbeizurufen, und winkte ihnen, dass sie kommen und sehen sollten.

Sie kamen herbeigelaufen und sahen zu, wie sich der lange, sich dahinschlängelnde Graben, den sie gegraben hatten, mit rasch fließendem Wasser füllte!

Sie verließen den Schutz der Bäume und begannen, über die Grassteppe zu laufen, um mehr von diesem Wunder zu sehen. Als sie über eine Anhöhe kamen, riefen, schrien und tanzten sie vor Freude und Staunen.

Dort, wo bisher der Stein gewesen war, befand sich jetzt eine tiefe, rechteckige Senke in der Erde und in der Mitte dieser Vertiefung war eine schäumende, spritzende, sprudelnde Wasserfontäne, die über hundert Meter hoch spritzte! Der Stein hatte eine tiefe Quelle aufgebrochen und jetzt bildete sich ein riesiger See, dessen Wasser den Graben nicht nur füllte, sondern ihn überfließen ließ. Er füllte die Mulden und Senken, floss um die Erhöhungen herum und trug Wasser durch die Steppe zum Dorf und zu den Feldern.

Die Motosas fielen auf ihre Knie, hoben ihre Hände zum Himmel und sangen zu Gott.

»Seht!«, rief Dr. Cooper und wies nach unten. »Nkromos Armee!«

Von ihrer Plattform aus, hoch oben an der glatten, geraden Vorderseite des Steins, konnten sie sehen, wie sich Hunderte von kleinen Staubwolken in der Wüste erhoben, aufgewirbelt von den Füßen, Rädern und Panzerketten der fliehenden Armee – und der Stein holte auf.

»Sie werden es nicht schaffen!«, rief Dr. Henderson und schüttelte ihren Kopf.

»Seht!«, sagte Mobutu. »Ich sehe Nkromo!«

Sie sahen suchend in die Richtung, in die Mobutu zeigte, und entdeckten schließlich eine winzige Gestalt, die dem Stein trotzig im Wege stand. Mit der einen Hand streckte er dem Stein einen silbernen Säbel entgegen, die andere war zur Faust geballt, die er wütend schüttelte.

Mobutu schüttelte traurig und erstaunt den Kopf. »Er trotzt dem Stein immer noch! Er trotzt dem Gott der Motosas!«

Der rollende, größer werdende Erdwall fiel mit rasender Geschwindigkeit auf den winzig kleinen Diktator zu, der jedoch nicht von der Stelle wich. Er stand einfach da, ein einsamer, winziger Punkt in der Wüste, und schüttelte hasserfüllt seine Faust.

Die riesige, bergähnliche Woge aus Erde, Steinen und Sand brauchte nur einen kurzen Augenblick, um Idi Nkromo zu überrollen. Eben war er noch da und dann war er verschwunden.

12

Sie saßen auf einem kleinen Hügel aus weichem Schutt: Sand, Schmutz, kleine Steine, größere Felsbrocken. Es war plötzlich still – so abrupt, dass die Coopers, Dr. Henderson, Mobutu und seine beiden treuen Kumpane das Einzige waren, das zitterte. Die Luft begann, sich zu klären, als der Staub von einem stetigen, leichten Nordwind weggeweht wurde. Die erste Frage, die ihnen allen in den Sinn kam, war: Wo sind wir?

Sie wussten, dass sie sich auf solidem, festen Boden befanden – zumindest rollte und schwankte er nicht. Aber sie befanden sich in großer Höhe auf einer langen Hügelkette, die sie nie zuvor gesehen hatten. Im Osten konnte man den Beginn des Dschungels und die weißen Gebäude der Stadt sehen, die einst Nkromotown genannt worden war. Aber jetzt, wo sie die Hauptstadt eines kleinen, freien Landes war und nicht mehr von der eisernen Hand eines Diktators gelenkt wurde, konnte man einen anderen Namen suchen.

Im Westen sahen sie die größte, längste, tiefste Bremsspur der Welt, wenn nicht sogar des ganzen bekannten Universums. Der Stein hatte eine tiefe, flache Furche durch die Wüste gegraben und jetzt bildete sich am anderen Ende ein ausgedehnter See. Das Land Togwana würde seine Karten neu zeichnen müssen, denn es hatte jetzt eine völlig neue Geografie: einen riesigen See, wo einst eine Wüste gewesen war, und die vom Stein aufgeworfenen Hügel, auf denen sie gerade saßen.

Nkromos Armee war verschwunden. Einige waren zusammen mit ihrem Anführer unter dem rollenden Erdberg umgekommen. Der Rest hatte sich in den Dschungel und die kleineren Siedlungen im Osten zerstreut. Jetzt, wo ihr boshafter Vorgesetzter tot war, hatten sie aufgehört, eine starke Macht zu sein.

Als die Nachmittagssonne auf die Coopers und ihre Freunde schien, begriffen sie allmählich, dass der Stein verschwunden war. Sie konnten sich alle erinnern, dass sich die Plattform, auf der sie saßen, wieder gesenkt hatte wie ein Flugzeug, das zur Landung ansetzt. Sie konnten sich erinnern, dass ihnen die Wüste wieder entgegengekommen war, und sie konnten sich sogar daran erinnern, dass sie sanft von der Plattform auf diesen langen Erdhügel gerollt waren, den der Stein aufgeworfen hatte. Aber keiner hatte gesehen, wann der Stein verschwand, und keiner konnte sagen, wohin er verschwunden war. Sie wussten nur, dass er sein Werk getan und sie hier gelassen hatte. Und dann war genauso schnell verschwunden, wie er aufgetaucht war.

Dr. Henderson war die Erste, die sprach. »Also das, meine Freunde, war wirklich eine außergewöhnliche Fahrt!«

Dr. Cooper kniete bereits nieder und betete sein Dankgebet. Alles, was er zu tun hatte, war, seinen Hut abzunehmen. »Herr, du hast uns gezeigt, dass du in der Tat mächtig bist! Aber deine Gnade ist genauso groß wie deine Macht. Und dafür danken wir dir!«

»Und ob wir das tun«, sagte Jay.

»Amen«, schloss Lila.

Und dann saßen sie alle ruhig und nachdenklich da und dachten über das nach, was geschehen war.

»Togwana wird nie wieder so sein wie bisher«, bemerkte Mobutu und sah nach Osten und Westen. »Wir haben jetzt ein völlig neues Land.«

»Und das nicht nur in einer Hinsicht«, fügte Dr. Cooper hinzu. »Die Geografie ist verändert, aber vor allem sind Sie auch Idi Nkromo los. Jetzt können Sie und die anderen Menschen Togwana wieder aufbauen – auf die richtige Art und Weise.«

Mobutu nickte. Er wusste, was Dr. Cooper meinte. »Wie Gott uns führt. Ich muss wirklich umkehren und ich muss viel in Ordnung bringen.«

Bei diesen Worten lächelte Dr. Cooper. »Dazu haben Sie jetzt die allerbeste Gelegenheit, Mr. Mobutu.«

»Übrigens«, sagte Lila, »vielen Dank, Mr. Mobutu, dass Sie uns das Leben gerettet haben.«

»Genau, danke«, pflichtete ihr Jay bei und dann dankten sie alle Mr. Mobutu, Bernard und Walter.

»Dankt nicht mir«, erklärte Mr. Mobutu. »Dankt eurem Vater. Er wusste Bescheid.«

Jay und Lila sahen ihren Vater an. »Was wusstest du denn?«

Dr. Cooper lächelte Mobutu an. »Na los, erzählen Sie es ihnen.«

Mr. Mobutu seufzte und bekannte dann: »Ich bin ein Motosa. Häuptling Gotono und ich gehören zur selben Familie, den Mobutus. Wir sind Cousins.«

Lila bekam ganz große Augen. Dann ging ihr ein Licht auf und sie schlug mit der Hand auf die Erde. »Deshalb sehen Sie sich so ähnlich.«

Mobutu nickte lächelnd. »Ich bin im Motosadorf aufgewachsen. Ich kannte den Gott der Motosas.«

»Erinnert ihr euch an die Geschichte von dem Mann im Baum?«, fragte Dr. Cooper seine Kinder und Dr. Henderson. »›Gott sandte Ontolo, um Mobutu zu retten.‹ Bevor der Häuptling zum Häuptling wurde, hieß er Mobutu. Ich hatte so eine Ahnung, dass es da eine Verbindung gab.«

»Und Sie vermuteten, dass ich Gott bereits kannte?«, fragte Mobutu.

Dr. Cooper sah Mobutu wissend an. »Ich wusste, dass es so war, irgendwo tief in Ihrem Herzen.«

Mobutu nickte. »Meine Tage unter den Motosas lagen lange zurück und ich war weit von zu Hause weggereist, um einem Mann zu folgen, der in Wirklichkeit ein Teufel war.« Er schüttelte traurig den Kopf. »Wie dankbar bin ich Gott, dass er eingegriffen und meine Leute vor Nkromo gerettet hat. Wie dankbar bin ich, dass er mich gerettet hat!

Ontolo hat Mobutu ein weiteres Mal gerettet – obwohl es dieser Mobutu nicht verdient.«

»Ontolo«, sagte Jay nachdenklich. »Der Mann im Baum.«

Mobutu lächelte und nickte. »Und ein Stein von der Größe eines Berges!«

»Derselbe Gott, derselbe Retter«, sagte Dr. Cooper.

Aber Dr. Henderson war immer noch perplex. »Na gut, Dr. Cooper, aber das erklärt nicht, woher Sie den Rest wussten.«

Er warf ihr einen fragenden Blick zu. »Was meinen Sie damit?«

Sie wusste, dass er sie ein wenig aufzog. »Ach, hören Sie schon auf! Woher wussten Sie, dass der Stein, na, Sie wissen schon, wachsen und sich bewegen und Idi Nkromo beseitigen würde?«

Dr. Cooper zog eine Augenbraue hoch. In seinen Augen lag ein Funkeln. »Kann ich es wagen, mich erneut auf die Bibel zu beziehen?«

Dr. Henderson warf ihre Arme hoch und ergab sich: »Na, machen Sie schon, machen Sie.«

»Überall in der Bibel findet man Schriftstellen, die Jesus mit einem Stein oder einem Felsen vergleichen: den Fels in der Wüste, der Wasser hervorbrachte, als Mose ihn schlug …« Alle warfen einen Blick auf den See, der immer noch wuchs, während Wasser aus der Erde schoss. »›… und tranken alle den gleichen gottgeschenkten Trank; denn sie tranken aus dem lebensspendenden Felsen, der mit ihnen zog. Und dieser Fels war Christus.‹ Oh, und dann ist da noch der Felsen, auf den der weise Mann sein Haus baut …«

»Und wir sahen, dass die Motosas diese Idee benutzten«, fuhr Lila fort.

»Genau wie der Stein, den die Bauleute ablehnten und der der Eckstein wurde. Und dann ist da noch diese Schriftstelle im Buch des Propheten Daniel …«

»Oh, genau!«, rief Jay, der sich erinnerte.

Dr. Cooper erklärte. »Als Daniel einen Traum des Königs Nebukadnezar auslegte, sprach er von einem riesigen Stein, der ohne menschliches Zutun aus einem Felsen herausgehauen worden war und der die bösen Königreiche der Welt zerschmetterte und zerstörte und der dann so groß wie ein Berg wurde und die ganze Erde erfüllte. Das ist ein sehr aufregendes Bild von Christus und davon, wie er schließlich die bösen Kräfte der Welt beseitigen und die Erde stattdessen mit seiner Herrlichkeit erfüllen wird.«

»Ich liebe diese Vorstellung«, sagte Lila.

»Also … da der Stein anscheinend Gottes Art war, den Motosas – und uns – die Macht und Majestät Christi zu zeigen, dachte ich, der Stein würde vielleicht so handeln wie in jenem Bild aus dem Buch des Propheten Daniel.«

Dr. Henderson legte ihren Kopf zur Seite und zog eine Augenbraue hoch. »Für einen Mann, der erschossen werden sollte, war das ein ziemlich gewagter Versuch, meinen Sie nicht?«

»Nun …« Dr. Cooper dachte einen Augenblick darüber nach. »Wenn man alles andere bedachte, das Gott getan hatte, um sich den Motosas zu offenbaren, musste es so geschehen. Und ich wusste, dass Idi Nkromo nicht bleiben konnte, nicht, wenn die Motosas überleben und Häuptling Gotonos Traum in Erfüllung gehen sollte.«

Das weckte ihr Interesse. »Welcher Traum?«

Wochen später flog ein kleines, einmotoriges Flugzeug über Togwanas neuen See und landete sanft an seinem Westufer, nur ein paar hundert Meter vom Dorf der Motosas entfernt. Grüne Weizen- und Maisfelder standen in Blüte und Schafe und Ziegen tranken am Rande des Wassers, bis sie ihren Durst gestillt hatten. Die Grassteppe wurde jetzt immer grüner und neue Häuser wurden gebaut. In Togwana hatte sich einiges verändert.

Als das Flugzeug nicht weit vom Dorf ausrollte, blickte Brent Anderson, der Missionar, den man vor wenigen Monaten noch ausgewiesen hatte, aus dem Fenster und nahm die Szene in sich auf. »Das ist es, Jake! Dies ist das Dorf, das ich erreichen wollte! Ich weiß, dass der Herr mich hierher gerufen hat!«

Jacob Cooper stellte die Maschine ab und lächelte seinen Freund an. »Ich glaube, sie wissen das auch. Sie haben dich schon lange erwartet.«

Dr. Cooper, Brent Anderson, Jay und Lila kletterten aus dem Flugzeug. Aus dem Dorf kamen Scharen von Motosas gelaufen, die jubelten und winkten. Es war ein Tag, der den Motosas seit Jahren versprochen worden war, und jetzt war es endlich so weit. Genau, wie sie es vor einigen Wochen für Dr. Henderson getan hatten, bildeten die Krieger mit ihren Armen Sitze, hoben alle vier Besucher hoch und trugen sie durch die Grassteppe, die sich jetzt prächtig entwickelte, ins Dorf und in die große Versammlungshalle, in der sich die übrigen Dorfbewohner bereits versammelt hatten.

Der Häuptling stand vor der Menge auf dem großen, rechteckigen Stein und wartete darauf, sie willkommen zu heißen. Brent Anderson wurde sogleich nach vorn gebracht und dem Häuptling vorgestellt, der ihn herzlich umarmte. Die Coopers setzten sich auf eine Bank an der Seite, wo Bengati bereits wartete, um ihnen die Veranstaltung zu übersetzen.

Der Häuptling hob seinen langen Arm und die Menge wurde still. Dann begann er zu sprechen.

Bengati beugte sich zu ihnen hinüber und übersetzte für die Coopers. »Ihr alle kennt den Traum, den unser Gott mir schickte: dass eines Tages ein Mann mit blondem Haar aus dem Himmel herunter kommen und die Blätter, die er in seiner Hand hält, öffnen würde.« Der Häuptling machte die Bewegung mit seiner Hand, die das Öffnen eines Buches darstellte. »Und dass die Blätter sprechen und uns den Namen unseres Gottes sagen würden. Ich habe nie verstanden, wie Blätter sprechen können, bis mein Sohn ...« Der Häuptling musste einen Augenblick mit reden aufhören und die Tränen hinunterschlucken, als er Ontolo anblickte, der mit Papier und Bleistiften, die er von den Coopers erhalten hatte, in der ersten Reihe saß, und bereit war, alles niederzuschreiben. »Bis mein Sohn mit seinen seltsamen kleinen Zeichen einen Weg fand. Jetzt sprechen die Blätter. Jetzt ist der Mann aus dem Himmel mit den blonden Haaren gekommen!«

Alle jubelten.

Der Häuptling fuhr fort: »Ihr wisst, dass Jacob Cooper aus dem Himmel zu uns kam. Er hatte helles Haar und viel Weisheit, aber er war nicht der Mann in meinem Traum.« Und dann fügte der Häuptling mit einem Funkeln in den Augen hinzu: »Aber wir hatten uns nicht geirrt, was Jacob Cooper und seine Kinder betrifft – sie waren nur zu früh gekommen!«

Die Leute lachten.

Der Häuptling führte Brent Anderson auf den großen Rednerstein und erklärte der Menge: »Hier ist der Mann, den uns unser Gott versprochen hat!«

Brent Anderson war zu Tränen gerührt. Er nahm seine große, schwarze Bibel, öffnete sie und begann, ihnen aus dem Johannesevangelium vorzulesen. Er übersetzte die Schrift direkt in Motosani, eine Sprache, die er bereits gelernt hatte.

Überall im Gebäude glühten die Gesichter der Menschen, als sie ihm zuhörten. Sie sahen einander an und machten dann mit ihren Händen die Geste des Buchöffnens. Die Blätter, da waren sie sich einig, sprachen jetzt.

»Seit Jahren hat Gott zu euch gesprochen: über sich selbst und über seinen Sohn, der zur Erde kam, um euch zu retten«, sagte Brent auf Motosani, während Bengati für die Coopers übersetzte. »Er zeigte euch durch eure Überlieferungen, dass Sünde wie eine Schlange beißen und euch zerstören kann. Er zeigte euch durch den Mann im Baum, dass er jemanden schicken würde, der den Biss der Schlange heilen würde, indem er die Strafe für eure Vergehen auf sich selbst nahm. Nach euren eigenen Überlieferungen sandte er Ontolo, um Mobutu zu retten.«

Dr. Cooper lächelte leise, als er den Raum überblickte. Dort saß D. M. Mobutu, der neu gewählte Präsident von Togwana, gleich neben Häuptling Gotono, seinem Cousin. Die neue Regierung und die Motosas hatten bereits eine freundliche, gut funktionierende Beziehung entwickelt.

Brent fuhr fort. »Schließlich zeigte er euch, dass dieser Mann im Baum nicht ein Mann im Baum bleiben würde, der durch die Pfeile und Speere der Verbrechen gestorben war, sondern dass er eines Tages als ein mächtiger Berg auf die Erde kommen würde, der das Böse auf der Erde vernichtet und uns Ruhe vor unseren Feinden und Wasser für unser Land geben wird.«

Lila schlang ihre Arme um sich, als wäre ihr kalt. »Mann, da kriegt man ja richtig Gänsehaut!«

Jay wies auf die andere Seite des Gebäudes. »Sieh mal, Ontolo.«

Lila schaute hinüber und sah, dass der Häuptlingssohn alles, was Brent Anderson sagte, mit Hilfe seines eigenen Alphabets aufschrieb.

»Er will anfangen, die Bibel auf Motosani zu schreiben«, erklärte Jay. »Sieht so aus, als hätte Gott an alles gedacht.«

Brent blätterte eine Seite in seiner Bibel um. Die Blätter redeten weiter. »Weil Gott alle Menschen so sehr liebt, schickte er seinen Sohn, um nicht nur die Motosas zu retten, sondern alle Menschen. Wenn wir an seinen Sohn glauben, werden wir nicht sterben, sondern für immer mit ihm leben.«

Daraufhin brachen die Menschen in Jubel aus. Seit Jahren hatten sie darauf gewartet, das zu hören.

»Gerade jetzt, heute, wird uns der Mann im Baum, der, den ihr Ontolo nennt, retten und uns wieder in seine Arme aufnehmen. Ich bin gekommen, um euch von ihm zu erzählen und euch seinen Namen zu nennen.«

Die Menschen und sogar der Häuptling schnappten nach Luft.

»Der Name unseres Gottes!«, sagte Bengati mit leiser, erregter Stimme. »Wir haben so lange darauf gewartet …«

»Sein Name ist Jesus«, fuhr Brent fort, »der Mann im Baum, der die Sünden der ganzen Welt wegnimmt.«

Dr. Cooper wischte sich eine Träne aus dem Augenwinkel. Jesus. Der Mann im Baum. Der Retter. Der Stein, den die Bauleute abgelehnt hatten. Der Haupteckstein. Der Stein, der eines Tages alle bösen Könige vernichten und die ganze Erde mit seiner Herrlichkeit erfüllen würde.

Endlich war er auch zu den Motosas gekommen.